저 너머에 뭐가 있을까

저 너머에 뭐가 있을까

장유심 수필집

숲을 이루는 한 그루 나무가 되어

　숲은 멀리서 보면 모두를 어우르는 하나의 덩어리로 보인다. 하지만 그 안으로 깊숙이 들어가 보면, 같은 나무는 하나도 없다. 모두 제각각이다. 기생하여 사는 겨우살이가 있는가 하면, 베풀며 살아가는 밤나무가 있고, 향기를 내뿜는 월계수도 있다.

　나는 어떤 나무일까, 생각해 보니 여덟 형제자매 사이에서 부모님의 사랑을 항상 목말라했다. 결혼하여 시댁살이를 시작하였지만, 일곱 시댁 식구는 나를 항상 이방인처럼 대했다. 산아제한 캠페인이 붐이었을 당시인데도 아이를 셋이나 낳았다.

　그 틈바구니를 비집고 들어가 살다가 보니 조금 더 많은 비바람을 맞아야 했고, 조금 더 큰 눈덩이를 머리에 이고 살아가야 했다. 그런 내가 똑바로 서기 위해서는 땅속 깊이 뿌리를 내려야만 했다.

누구도 내딛지 않은 곳에 가보았던 나는 그 경험을 살려서 두 번
째 이야기를 여기에 풀어낸다.

장 유 심

차례

모나리자의 눈썹

그녀의 어두운 갈색 생머리가 몸을 감싸고 있다.

어깨가 살짝 드러난 진한 갈색의 원피스는 얇지도 두껍지도 않다.

우리나라의 가을이 익어갈 무렵의 옷차림이다.

오뚝한 코며 흰 피부, 갸름한 얼굴형 그리고,

훤한 이마가 전형적인 서양인 외모를 갖췄다.

입을 꾹 다물고 있지만, 매우 온화해 보인다.

양쪽 입꼬리가 약간 올라가 있다.

수정같이 맑은 그녀의 두 눈은 나를 응시하고 있다.

가족들과 중국 여행 계획을 짜던 중 큰딸이 작은딸을 고자질했다. "나는 두 아이 챙기기도 벅차니, 홀몸인 너에게 돈 관리 좀 부탁한다." 고하자, 동생 말이 "엄마 챙기는 내가 더 힘들어"하더라는 것이다. 그 뜻을 알아들은 나는 큰딸과 손뼉을 치며 박장대소했다. 사실 웃고 있을 일이 아니었다. "당신은 관리대상이십니다"는 선고를 받은 거나 다름없었기 때문이다.

　캄보디아의 앙코르와트〈타프롬 사원〉에서의 일이다. 가이드는 〈타프롬 사원〉 건립 배경과 그 후, 폐허가 된 이유, 비운의 폐비 자야바르만 7세에 관한 저주, 그리고 역사 속으로 사라졌다 다시 나타나게 된 계기, 현재까지의 복원 상태 등에 관해 설명했다.

그 시간에 나는 신비스러운 광경에 취하여 혼자 상상의 나래를 펼쳤다. 더 나아가 안젤리나 졸리 출연의 영화 〈툼 레이더〉의 한 장면 속으로 빨려 들어갔다. 다음 장소로 이동하겠다는 가이드의 말을 귓등으로 흘려 넘기며 못 박힌 듯 서 있었다.

정신이 돌아와 주위를 돌아보았을 때는 모두 사라져 버린 뒤였다.

휴대전화기를 꺼내 통화를 시도하려는데 그마저 나를 버리기로 작정했는지 방전된 상태다. 갑자기 두뇌 회로가 망가진 것 같았다. 두어 시간 동안 어찌어찌하다가 현지의 보안 직원 도움으로 가이드와 상봉할 수 있었다.

한 번 어려움을 겪었음에도 변한 게 없었다.

큰딸하고 유럽 여행을 갔을 때다. 딸은 엄마를 걱정하는 것 같았다. 입국 심사장에서부터 뒤에 꼭 붙어서 따라오라고 했다. 그래도 안심할 수 없었던지 다시 끌어다 자기 앞에 세웠다.

루브르박물관에서 딸은 더 예민해졌다.

"엄마, 내 뒤에서 떨어지면 안 된다니까요. 한눈팔다 또 잃어버려요"라는 말을 되풀이했다. 딸에게 지시받으니까 계속 위축되었다.

하지만 논쟁하기 싫어 딸 뒤통수만 보고 다녔다. 동시에 두 장면을 보기에는 불가능에 가까웠다. 점점 정신이 혼미해졌다. 사람들이 우리 둘 사이를 헤집고, 메뚜기떼처럼 옮겨 다녔다.

딸이 벽에 걸린 그림 앞에 멈추었다. 내 시선도 따라 액자 속 그림으로 옮겨갔다.

액자의 그림 속에서 낯익은 한 여인이 단아한 모습으로 앉아 있다. 그녀의 어두운 갈색 생머리가 몸을 감싸고 있다. 어깨가 살짝 드러난 진한 갈색의 원피스는 얇지도 두껍지도 않다. 우리나라 가을이 익어갈 무렵의 옷차림이다. 오똑한 코며 흰 피부, 갸름한 얼굴형 그리고, 훤한 이마가 전형적인 서양인 외모를 갖췄다. 입을 꾹 다물고 있지만, 매우 온화해 보인다. 양쪽 입꼬리가 약간 올라가 있다. 수정같이 맑은 그녀의 두 눈은 나를 응시하고 있다. 레오나르도 다빈치의 명작 〈모나리자〉였다.

그렇게 넋을 놓고 보는데 한국인 가이드가 한 무리의 관광객을 데리고 나타났다. 나는 작품에 관한 새로운 지식을 얻을 수 있을까 싶어서 귀를 바짝 갖다 댔다.

"자, 모나리자의 눈썹을 집중해서 보세요."

가이드의 해설이 시작되었다.

"눈썹이 보이시나요? 보이신 분 손들어 보세요. 다시 한번 기회를 드릴게요. 눈치채셨나요? 맞아요. 눈썹이 없지요…"

가이드는 하고 싶은 말을 계속 이어갔다.

"레오나르도 다빈치는 ADHD 증후군을 앓고 있었어요. ADHD는 한곳에 오래 집중을 못 해요."

가이드의 말을 종합해 보면, 레오나르도 다빈치는 ADHD 증후군 때문에 완성 작품이 거의 없다는 것이었다. 마치 자기가 레오나르도 다빈치를 직접 만나본 것처럼 말했다. 레오나르도 다빈치가 눈썹을 깜박하고 못 그린 것인지, 의도된 것인지 어떻게 판단할 수 있지? 하는 의구심이 생겼다. 사실 가이드는 예술에는 관심도 없는 듯했다. 우리는 자기가 알고 있는 것만이 진실이라고 믿고 싶을 때가 있다. 그래서 자기에게 이로운 방향으로 사건을 끌고 간다.

가이드는 모나리자의 눈썹과 레오나르도 다빈치의 ADHD에 관한 말만 장황하게 늘어놓은 뒤 사라져 버렸다.

나도 정신이 돌아왔다. 그리고 딸을 잃어버렸다는 사실을 깨달았다. 앙코르와트 사원에서처럼 또 혼자가 되었다. 딸을 찾아 계단을 오르락내리락하는 모습이 엄마 잃은 불쌍한 아이 같았다. 지금은 해외에서 스마트폰 사용이 자유롭지만, 그때는 인천공항에서 로밍 신청을 하면 해외 통화가 자동 차단되었다.

어디에도 딸의 모습은 보이지 않았다. 이왕 이렇게 된 김에 여유를 갖고 싶었다. 흥분된 마음을 진정시키고, 그동안 지나쳐버린 것들을 되짚어 찾아다녔다. 그러자 보이지 않았던 것들이 차츰 보이기 시작했다.

프레스코 벽화 한 귀퉁이에 갓 핀 들국화 한 송이를 그려 넣어 보고, 비너스상 앞에서는 조각가 밀로가 되었다. 나폴레옹 방에서 세상에 대고 호령도 하다가, 파라오의 미라를 보니 인생이 무상했다.

아쉽지만 이 정도면 되었다 싶어 건물 밖으로 나왔다. 큰딸이 화난 표정으로 기다리고 있었다.

그 뒤 호주에서 또 한 번 큰딸을 잃어버린 적이 있었다.

"이번에는 절대 잃어버리지 않을게."

다짐했다. 하지만 딸은 믿지 못하는 눈치였다.

"엄마, 중국에 가서도 또 잃어버리면 버리고 올 거야."

다시 상기시킨다.

궁금증이 생겨서 그랬다고 하자 큰딸은, 인터넷 찾아보면 원본보다 더 원본 같은 그림이 널려있다고 반박한다. "알았다" 하고는 속으로 중얼거렸다.

'그건 네 식의 해석이고….'

달콤한 팝콘

나는 비척대며, 늙은 염소처럼 개표구 철문을 타고 넘어갔다.

고맙게도 작은딸이 영화 〈범죄도시3〉 예매권을 카톡으로
보내주었다. 우리 부부는 상영 한 시간 전 영화관 휴게실에
도착했다. 시간이 남아돌자, 남편은 입이 심심했던지 나에
게 팝콘과 음료수를 부탁했다. 하지만 얼마 전까지 있었던
창구가 사라지고 없다. 대신 새로 들여놓은 기계들이 주문
을 받았다. 직원은 영수증을 확인하고 팝콘과 음료수를 내
주었다.

　팝콘을 주문하려면 누구에게 물어보긴 해야겠는데 용기
가 나지 않았다. 그저 사람들 틈에서 서성거렸다.

　옛날, 글을 읽을 줄 몰라 시내버스 번호를 묻던 한 아주머
니가 떠올랐다.

아주머니는 정류장 앞을 서성거리다가 시내버스가 오면 "151번인가 봐주시오." 하며 손가락으로 시내버스를 가리킨다. 그러면 "아주머니, 어디 가시게요." 누군가 되묻고 "화순에 간다." 대답하면 또 누군가 "나도 화순 가는데 같이 타면 돼요." 하고 나선다.

그때의 시내버스 번호를 묻던 아주머니처럼 나도 "팝콘 주문하는 것 좀 봐주세요."하고 물어볼까 하다가 그만두기로 했다. 직원은 AI 같은 표정으로 "거기 설명서 적혀 있잖아요."하고 쏘아붙일지 모른다.

주문도 하기 전에 배부터 아프기 시작했다. 나는 기계만 보면 울렁증이 생긴다. 인천 딸 집에 갔을 때도 이랬다.

인천에서 서울 사는 동생을 만나러 가는 길이었다. 딸은 자세한 설명과 함께 전철노선도를 캡처해 카톡으로 보내주었다. 하지만 실수로 반대 방향의 전철에 옮겨탔다. 뒤늦게 깨닫고, 전철에서 내려 환승을 하려고 정류장 안으로 걸어 들어오는 중이었다. 그때도 지금처럼 배가 아파지기 시작했었다. 쥐어짜듯이 뒤틀려서 제대로 걷기 힘들었다. 두 손으로 배를 움켜쥐고 상가 안으로 들어갔다. 그러고는 매장 직원에게 화장실 위치를 물었다. 직원은 손가락으로 한 방향을 가리키며 안내원에게 가서 물어보라고 한다. 안내원은 어디에도 보이지 않았다. 누군가 듣고, 화장실에 가려면 개

찰구 안으로 들어가야 한다고 대신 대답했다.

그 말에 오히려 긴장되었다. 이제 반듯이 설 수조차 없었다. 엉거주춤 걷다가 출입구 앞에서 멈추어 섰다. 출입구에서 세 갈래 뿔 모양 쇠문이 앞을 가로막았다. 나는 교통카드 단말기에 카드를 태그했다. 그런데 열려야 할 문이 꿈쩍하지 않는다.

'열려라. 참깨! 열려라. 문!'

속으로 외쳐댔지만, 꼭 닫힌 문은 꿈쩍도 하지 않았다. 옆 사람을 지켜보았더니 카드를 태그하고 문을 앞으로 밀었다. 본대로 따라 했다. 역시 이번에도 열리지 않았다. 더는 버틸 수 없었다.

"죄송한데요. 들어가는 방법 좀 알려주면 안 될까요?"

젊은이를 붙잡고 물어보았다.

"나 바빠요!"

젊은이는 쌩하고 가버렸다. 이러다 옷에 실수할 것 같았다. 나는 늙은 염소처럼 비척대며 개표구 철문을 타고 넘어갔다. 그 일이 있고부터 울렁증은 더 심해졌다.

지금은 남편이 지켜보고 있으니 더 긴장되었다.

"팝콘 하나, 콜라 하나?"

긴장을 풀려고, 남편에게 말을 시켰다. 그러나 무정한 남편은 고개만 끄덕였다. 될 대로 되라지. 비장한 각오로 지갑에서 카드를 꺼내 가장 그럴싸한 문구를 골라 손가락으로 터치했다.

화면이 바뀌더니 뭔가를 달라고 했다. 분명 신용카드나 현금을 달라는 것은 아니었다. 서울 지하철 악몽이 다시 떠오르며 머리가 하얘졌다.

포기하고 자리로 돌아갔더니 남편은, 그것 하나 할 줄 모르냐며 무안을 주었다. 나는 잔뜩 뿔이 나서 "그렇게 잘났으면 자기가 해보든가"라고 대꾸하고, 빈 소파에 가 앉았다. 남편도 옆에 와 앉았다. 왠지 불쌍하게 보였다.

다시 용기 내기로 했다. 생각해 보면 실패가 전부 실패는 아니었다. 그때 서울 지하철에서도 도망치지 않았었다. 화장실에 들른 다음에 관리실로 찾아갔었다. 직원이 확인해 보더니, 요금은 이미 결제된 상태라고 했다. 카드를 태그하고, 곧바로 문을 밀고 안으로 들어가야 하는데 타이밍을 놓쳤다는 것이다.

옛날에는 못 배운 게 죄가 아니었지만, 지금처럼 정보의 홍수 속에서는 알지 못하는 게 죄가 된다.

나는 천천히 일어나 기계 앞으로 걸어갔다. 마침 두 젊은이가 이야기를 주고받으며 기계를 조작하고 있었다. 나도 그들 사이에 끼어 지켜보았다. 그와 눈이 마주치자 남자는 흠칫했다. 그러더니 여자를 데리고 자리를 떴다. 미안하다고 해야 하는데 긴장되었는지 그 말조차 나오지 않았다. 지금 생각해도 그에게 미안하다.

나는 조금 전 봐두었던 순서대로 스크린 화면을 터치했다. 과정을 알고 나니 지하철 타는 과정만큼이나 쉬웠다.

직원은 아무 표정 없이 음료와 팝콘을 건네주었다.

남편은 팝콘을 맛있게 먹었다. 같이 팝콘을 먹는데 여러 생각이 들었다.

남편은 아마 모를 것이다. 팝콘을 얻기까지 겪었던 소설 한 권 분량의 갈등을.

풀지 못한 숙제를 해치운 것처럼 후련했다.

공짜 불 공짜 바람

도깨비바늘 씨앗이 폭죽처럼 튀어 올랐다. 숨을 고를 여유조차 주지 않았다.

바람은 미친년으로 변했고, 불은 도깨비가 되어 있었다.

미친년과 도깨비가 홀랑 맨몸으로, 맨발로 날뛰었다.

나도, 윗옷을 벗어 펄럭이며 함께 날뛰었다.

당산나무나 주택으로 뽈씨가 튀면 끝장이다.

불은 나를 향해 역주행하더니 괴성을 지르며 우웅, 급발진했다.

앗! 위험해.

고향 마을 이장이, 봄 농사가 끝나가고 있다고 전화로 알려왔다. 저번에 지역 경영체 담당 직원에게, 직불금이 지급되지 않을 수 있다고 경고를 받은 적이 있어, 그 의미를 잘 알고 있었다.

　　그렇지만 이장 덕 좀 볼까 하는 생각에 "농사지었다고 치고, 그냥 눈감아 주면 안 될까?" 했더니, 담당 직원이 직접 조사 나온다고 한다. 곤란한 일이다. 직불금 지급 통장은 어머니 명의로 되어있다. 실망하실 어머니 얼굴이 떠올랐다.

　　어머니는 평생 농사밖에 모르셨다. 몸도 불편하니 농사일 접고, 편하게 사시라 할 때마다 "더 하고 싶어도 죽으면 끝날 텐데" 하시며 아직은 쓸 만한 오른손으로 호미 놓고, 풀

한 포기 뽑고, 호미 들어 땅 한 번 긁곤 하셨다. 엉덩이 걸음 한 발짝 전진할 때마다 콩대는 넘어지고, 들깻잎은 으깨어졌다. 두고만 볼 수 없어 삽괭이로 밭고랑을 긁어드리면, 우리 딸 일머리 좋다며 거듭 칭찬하셨다. 나중에 요양병원에 가시면서까지 농사일을 걱정하셨다. 어머니에게는 농사가 그런 의미였다.

다음날, 새벽길을 차로 한 시간여 달려서 마을 앞 당산나무에 다다랐다. 묵은 밭과 논 그리고, 빈 시골집이 친정엄마처럼 '우리 딸! 어서 오라' 하는 듯 와락 반겨주었다.

옷을 갈아입을 틈도 없이 논밭을 휘휘 둘러보았다. 동네 잡초들이 모두 우리 논에 이사를 왔나 보다. 위 논은 띠 논, 아래 논은 도깨비바늘 논이다. 도깨비바늘 풀들이 만지면 바스러질 것처럼 말라 있다.

당장 마을 이장네로 달려가 논갈이를 부탁했다. 논 상태를 잘 파악하고 있던 이장은 뒤로 빼며, 다른 선배 하나를 소개해 주었다. 급한 김에 염치 불구 선배를 찾아갔다. 그는 불도저로 밀고 들어가면 몰라도 경운기나 쟁기로는 턱도 없으니, 풀부터 베어내고 다시 오라고 한다.

낫으로 베자니 며칠은 걸리겠고, 예초기로 베려면 일꾼을 사야 할 것 같았다. 어떻게 안 되겠냐고 하자, 이럴 시간에 풀 하나 더 베라는 말만 돌아왔다.

어쩔 수 없다. 다른 해결 방법을 찾아야 한다. 집으로 돌아온 나는, 커피를 한잔하며 둘러보고, 집 한 바퀴 돌다가도 둘러보고, 늦은 아침을 먹다 말고 가서 둘러보았다. 그러다 오전이 훌쩍 지나고, 오후도 한참 지났다.

묵은 논을 또다시 둘러보고 있는데 회오리바람이 불고 지나갔다. 마른 도깨비바늘이 바람에 쓰러졌다가 일어나며 씨앗을 털어냈다. 바람이 원망스럽던 그때, 도랑 치고 가재 잡고, 임도 보고 뽕도 따고, 두 마리 토끼 잡고, 돈도 안 들이는 기막힌 해결 방법 하나가 떠올랐다.

당장 집으로 달려가 라이터와 삽과 괭이 종이 뭉치를 양손에 껴안고 논으로 갔다. 등 뒤에 보이는 저수지, 앞에 보이는 당산나무, 왼쪽 차로의 계곡 너머 주택까지 안전거리를 쟀다. 이제 거사를 치를 때라고 생각했다.

종이에 불을 붙여 듬성듬성 도깨비바늘에 불을 옮겨 붙였다. 불은, 일어나는가 싶다가 곧바로 사그라들었다. 그러기를 몇 번, 불씨 하나가 회오리바람을 타고 피어오르며 부르르 떨었다. 그걸 신호로 다른 불씨도 일제히 솟아올랐다. 괭이로 흙을 파서 덮었지만, 불길이 잡히지 않는다.

괭이를 놓고, 이번에는 삽을 들었다. 흙을 떠서 불꽃을 향해 던지려는 때였다.

타닥타닥타닥!

도깨비바늘 씨앗이 폭죽처럼 튀어 올랐다. 숨을 고를 여유조차 주지 않았다. 바람은 미친년으로 변했고, 불은 도깨비가 되었다. 미친년과 도깨비가 홀랑 맨몸으로, 맨발로 날뛰었다. 나도, 윗옷을 벗어 펄럭이며 함께 날뛰었다. 당산나무나 주택으로 불씨가 튀면 끝장이다. 불은 나를 향해 역주행하더니 괴성을 지르며 우웅, 급발진했다.

앗! 위험해.

불은 다시 방향을 틀었다. 그러고는 맥없이 사그라져버렸다. 혹시나 남아있을 작은 불씨가 걱정돼 흙을 파서 깊이 뒤집었다.

그때였다. 삐용삐용, 멀리서 소방차 두 대가 맹렬히 달려온다. 어디든 숨어야 하는데 다리가 풀려 걸을 수 없었다. 그 사이 소방차는 저수지를 지나, 고개를 넘어가 버렸다.

다행이다 싶었는데 소방차가 방향을 틀어 천천히 내려왔다. 그중 한 대가 멈춰 서더니, 차에서 두 사람이 내려 위를 살폈다. 그러더니 샛길을 따라 걸어오고 있었다. 들키지 않으려고, 논 언덕 아래에 쭈그리고 앉았다. 아무 일 없는 척 딴전을 피웠지만 내 안에서는 다시 불이 붙었다.

두 사람은 멈춰어 서더니, 나이 지긋해 보이는 소방관이 두어 번 손짓하며 말했다.

"아줌마가 불 질렀소? 좀 나와 보시오."

"공짜 불 덕 좀 보는 김에 바람 덕도 보려고 했는데 잘못되어 버렸네요."

먼저 선수를 쳤다. 소방관은 오히려 매를 번다며 화를 냈다. 아줌마, 까딱했으면 골로 갈 뻔했다는 말을 되풀이하였다. 나를 걱정하는 말 같았다.

소방관은 특별히 봐준다고 하고 돌아갔다. 공짜 불 공짜 바람 덕 좀 보려 하다가, 운이 좋아서 망정이지 아주 골로 갈 뻔했다.

남도 다 하는데

뒤차가 빠짝 따라왔다.

남편도 창문 너머로 목을 빼고 조금 더 기다렸다가, 개처럼 짖기 시작했다.

둘은 똑같았다. 뒤에 탄 아이들이 멀미가 날 것 같다고 했다.

나도 그랬다.

침몰 직전 배의 선장처럼 운전대를 꽉 붙든 후 페달을 밟았다.

아침을 밤처럼 자고 있는데, 전화벨이 울렸다. 그 순간 모임에 가야 한다는 사실을 깨달았다. 겨우 옷만 갈아입고, 차에 올라타 시동을 걸었다. 작은 도로를 벗어나자마자 용감하게 끼어들기를 감행했다. 처음 운전을 시작할 때는 꿈도 못 꾸던 솜씨이다.

그러니까, 남들은 운전을 다 하는데 나는 운전면허증조차 따지 못하고 있었던 때다. 하루는 어머니가 트럭 한 대 사서 전국 방방곡곡 세상 구경도 하고, 배추 장사를 해 보는 게 어떻겠냐 물으셨다.

사는 일에 숨 막힐 것 같은 나날을 보내던 때였다. 말 나온 김에 손도 벌려볼 요량으로 학원에 찾아가 수강 신청을 했다. 강사는 과정보다는 결과를 중요시하는 사람이었다. 마침, 주행시험 제도가 바뀌기 직전이었던 터라 내 처지에서도 이번에 꼭 합격해야만 했다. 벼락공부였지만 강사가 가르쳐준 요령대로 했더니, 1종 면허증이 손에 쥐어져 있었다. 노력 없이 딴 자격증은 독이 되고 말았다.

의기양양, 어깨에 힘을 주고 가족들과 함께 사람이 없는 잘 닦인 주택 조성지로 갔다. 그곳에서 남편이 운전대를 넘겨주었다. 그런데 운전대 액셀을 밟자마자 차가 덜컹거리며 인도 턱을 넘었다. 핸들을 꺾었더니 이번에는 반대쪽 인도 턱을 넘었다. 또 왼쪽 방지턱을 넘고, 오른쪽 방지턱을 넘고를 반복하였다.

남편이 우리나라 차 방향이 우측통행인지 좌측통행인지 묻길래, 절박한 순간에 그게 중요한 거냐고 되물었다. 긴장해서인지 생각나지도 않았지만, 남편의 잔소리 때문에 더욱 정신이 없었다. 남편 표정이 헐크처럼 일그러지더니, 큰일 낼 사람이라며 운전대를 돌리라고 했다.

도로 사거리에서 좌회전 깜빡이만 넣은 채 멈춰 섰더니 뒤에서 빵빵거렸다. 남편도 오늘 집에 안 갈 거냐며 소리 질렀다. 이판사판, 과감히 끼어들어 그대로 좌회전을 감행했다.

뒤차가 빠짝 따라왔다. 남편도 창문 너머로 목을 빼고 조금 더 기다렸다가. 개처럼 짖기 시작했다. 둘은 똑같았다. 뒤에 탄 아이들이 멀미가 날 것 같다고 했다. 나도 그랬다. 침몰 직전 배의 선장처럼 운전대를 꽉 붙든 후 페달을 밟았다. 그렇게 주행 시작한 날, 집에 돌아와서 은퇴를 선언하였다.

어머니는 "너보다 못한 사람도 다 하는데 잘할 수 있다"라고 하셨지만, 자격증 딴 것, 봉사 문고리 잡았을 뿐이라고 생각했다.

그리고 강산이 두 번도 바뀌었을 즈음, 직장을 옮기며 평생 안 할 것 같았던 운전이 다시 필요하게 되었다.

아버지 제삿날이었다. 망설이다가 가족들이 모인 자리에서 차 이야기를 꺼냈다. 어머니는 또 "남도 다 하는 운전 너는 더 잘할 수 있다"라며 부추기셨다. 오빠도 그래보라며 중고차 한 대를 사주었다.

이번에는 남편 대신 지인에게 연수를 받았다. 연수 첫날, 옆 차선에서 앞지르는 차에 지레 겁먹고, 인도 쪽으로 핸들을 꺾는 바람에 바퀴가 펑크나 버렸다.

큰일 나겠다 싶어 등록업체의 전문 강사에게 연수를 받았다. 연수 첫날, 1타 강사라는 사람이 웬일로 내 차를 큰 도로까지 끌고 오라는 것이다. 못하는 운전이지만, 창을 내리고 가는데 다른 차가 마주 오고 있었다. 상대 차 아주머니는 뒤로 밀려 화가 났는지, 큰 도로의 출구에서 멈춰 섰다. 순간 방향지시등 켜는 방법을 까무룩 잊어버렸다. 차창 밖에 왼

손을 내밀고 오른쪽으로 휘저었다. 요지부동이었다. 급한 김에 얼굴을 내밀고는 큰소리로, 우회전하겠다고 말했다. 그제야 벌레 씹은 얼굴로 길을 터줬다.

1타 강사는 페달 밟는 강도를 밥 한술, 밥 두 술, 밥 세 술이라고 표현했다. 어느 날, 경찰서에서 조사에 응해달라는 연락이 왔는데 알고 보니, 1타 강사는 불법 무자격 강사였다. 이번에는 딱, 밥 세 술만큼의 속도만 내보았다.

아무것도 모르는 어머니는, 우리 딸 운전 연수도 잘할 거라고 응원하셨다. 이번에야말로 진짜 운전이라는 걸 해보고 싶어졌다. 이에 1타 강사 중에 1타 강사라는 고향 친구를 섭외했다. 내 운전 실력은 도무지 늘 기미가 보이지 않았다.

어느 날, 택시를 탔다가 기사님이 열 번, 백 번, 연수를 받아보았자 스스로 터득하니만 못하다고 충고해 주었다. 나는 충고를 받아들이기로 했다.

그리고 고등학교 친구 모임이 있던 날, 혼자서 운전대를 잡았다. 첨단에서 학동까지 내비게이션에 의지한 채 차를 끌고 나가보았다. 그러나 외곽으로 빠지는 곳에서 방향을 잃어버렸다. 같은 길을 뱅뱅 돌다가 갓길에 차를 세우고, 내비게이션을 들여다보는 중이었다. 뒤에서 경적을 울려댔다. 이에 갓길에 차를 바짝 갖다 댔다. 상대 차가 지나가기를 기다렸다가 방향을 물었더니 "아줌마, 이정표 안 보여요?" 하며 길도 모르면서 왜 나왔냐, 타박했다. 위를 쳐다보니 그제 야 이정표가 보였다.

그 뒤를 따라오던 젊은이가 "참 잘하고 있어요"라며 그 나이에 이 정도는 아주 많이 잘하는 거라고 했다. 그리고 이정표 보는 습관을 들이라고 했다. 엄지척을 해주는 그 젊은이 말에 용기가 났다. 덕분에 혼자서 목적지까지 무사히 운전할 수 있었다.

지금으로부터 벌써 10년 전의 일이다. 그랬던 내가 멋지게 끼어들기까지 하고 있다.

예상 시간보다 일찍 도착했던지 친구들이 "운전 솜씨 많이 늘었네." 한다. 이렇게 되기까지, 그 공의 7할은 우리 어머니의 조건 없는 응원 덕분이었다.

저 너머에 뭐가 있을까

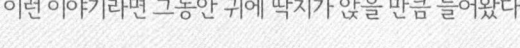

어머니는 "집채만 한 호랑이가 너를 잡아먹기 위해 지켜보고 있다"라며

어디 가지 말고 꼭 붙어있으라고 하셨다.

이런 이야기라면 그동안 귀에 딱지가 앉을 만큼 들어왔다.

분홍 돼지는 자기가 속한 돼지우리를 세상 전부인 줄 알고 살았다. 그러다가 돼지우리 너머의 세상이 궁금해졌다. 분홍색 돼지는 모든 걸 버리고 돼지우리에서 탈출했다. 그러고는 숲으로 걸어 들어갔다. 제목은 생각나지 않지만, 그림 동화의 어느 이야기가 떠오른다.

여기에서 분홍이 주는 이미지가 안전이라면, 돼지우리는 금지에 해당한다고 볼 수 있다. 그런데 돼지는 안전이 보장된 우리를 두고, 왜 탈출했을까? 아마도 미지에 대한 끌림이 더 강했던 것 같다.

나도 분홍 돼지처럼, 산이 켜켜이 둘러싸인 틈바구니에서 우리 집이 세상 전부인 줄 알고 자랐다. 집 앞으로 비포장도로가 계곡을 따라 뻗어 있었는데, 차라고는 버스가 하루에 두어 번 지나가곤 했다. 오일장이 되어야 겨우 보따리를 이고 지고, 지나가는 사람들을 구경할 수 있을 정도였다.

또래가 없던 나는 자연이 내 친구였다. 봄에는 할미꽃을 꺾어오고, 좀 지나면 올챙이를 잡고, 더 지나면 산딸기를 따 먹었다. 계절이 바뀌면 가재나 물고기를 잡다가 추워지기 시작하면 벼메뚜기를 찾아 누렇게 익어가는 논두렁 사이를 누볐다. 가끔 뱀과 맞결투를 하는 일도 있었다.

당연히 그때는 바다의 존재도 몰랐었다. 그저 산 너머에 산이 있고, 산 너머 또 산이 끝없이 펼쳐져 있는 줄만 알았다. 그래서 별로 궁금하지도 않았었던 것 같다.

그러다가 또래의 친구들보다 다소 늦은 나이에 초등학교에 입학했다. 그렇게 시작된 학교생활은 온통 처음인 것투성이였다. 처음으로 사귀어보는 친구들, 처음으로 불러보는 선생님이라는 단어, 그리고 처음으로 가져본 내 책.

모든 것이 활기찼다. 궁금한 것들도 폭발하였다. 그리고 산 너머의 존재가 궁금하기 시작했다.

"저 산 너머에는 뭐가 있을까?"

어머니는 산 너머에는 산이 있지 뭐가 있겠느냐며, 당연하다는 듯 대꾸하셨다. 하지만 궁금증은 사그라지지 않았다.

모든 면에서, 호기심이 가장 많았던 시기는 초등학교 3학

년 담임 선생님을 만나고부터였다. 그분은 내가 가장 존경하는 몇 안 되는 스승 중의 한 분이시다. 선생님은 나를 누구의 종속된 존재가 아닌 온전한 인간으로 처음 대해주셨다.

그 무렵 겨울 방학쯤으로 기억한다. 어머니는 내 손에 낫과 새끼줄을 쥐여주셨다. 그때부터 산으로 땔감 나무하러 가시는 어머니를 따라다녔다. 어머니는 더 좋은 땔감을 찾아 때로는 깊은 골짜기로 들어가시고, 때로는 험준한 산을 오르기도 하셨다. 내가 어리다고 봐주시는 게 없었다.

어머니는 또 "집채만 한 호랑이가 덤불 속에서 너를 잡아먹기 위해 지켜보고 있다"라며 잘 붙어 다니라고 하셨다. 이런 이야기라면 어머니, 아버지에게 귀에 딱지가 앉을 만큼 들어왔다.

"혼자 저수지에 올라가지 마라. 물귀신이 물속으로 끌고 들어간다."

"혼자 돌아다니지 마라. 문둥이가 잡아간다."

나는 그 말을 정말로 믿었다.

어머니가, 일이 있어 산에 못 가실 때는 마을 사람들에 붙여주셨다. 호랑이가 산다는 산에 어린 딸 혼자 보내시는 걸 보면, 이럴 때는 집채만 한 호랑이를 까먹으신 모양이다.

마을은 집과 한참 떨어진 거리였다. 산과 가까이에 사는 내가 거리상 더 유리했다. 나는 어른들과 거리를 두고 없는 사람처럼 걸었다. 길가 서릿발이 발아래에서 아삭아삭 얼음 부서지는 소리를 냈다.

우리는 산 중턱쯤에서 자리를 잡았다. 어른들이 손에 쥔 새끼줄을 허리에 묶었다. 나도 따라 새끼줄을 질끈 묶었다. 제법 어른티가 났다.

모두 뿔뿔이 흩어졌다. 혼자 남겨진 나는 온 산을 쓸고 다녔다. 그러다가 산꼭대기에 올라가고 싶어졌다. 집채만 한 호랑이가 무섭긴 했지만, 내 손에는 낫이 들려 있었다. 지금 생각하면 좀 무모하긴 했다. 하지만 그때는 그럴 가치가 있다고 생각했었다.

내친김에 산꼭대기로 기어 올라갔다. 겨울인데도 등과 이마에 땀이 맺혔다. 아무도 나를 간섭하지 않았다. 산꼭대기에 다다르자, 상큼한 바람이 털끝을 스쳤다. 사방을 둘러보았다.

산 너머에는 산만 있는 거라는 어머니 말씀이 틀린 것 같았다. 발아래에 들판이 있었고, 꼬막 같은 집들이 옹기종기 엎어져 있었다. 그다음에 산이 있고, 아래에 추수가 끝난 빈 들판이 펼쳐졌다. 그 너머로 끝없이 반복되며 산이 포개어져 있다.

때맞춰 기다란 기차가 칸마다 석탄을 가득 싣고서, 뿌우우 소리를 내며 들판을 가로질러 지나갔다. 그것이 기차라는 사실도 나중에야 알았다.

기차의 인상이 너무 강렬해서일까? 그날 집채만 한 호랑이를 만났는지는 잘 기억나지 않는다.

고양이님

남편이 이렇게 말했다.

"당신이 잘못했네. 그 나이에 아직도 고양이님하고 동등한 대접을 받으려고 했어?

강아지 안고 다니는 거 못 봤어? 유모차에 강아지 태우고 다니는 세상이라고.

그런데 당신이 고양이님 상대가 돼?"

이번 여름은 유난히도 더웠다. 이럴 때는 시원한 에어컨 바람이 최고다. 그런데 그 좋은 에어컨 바람을 나는 왜 싫어할까? 물론 전기세를 아낄 목적도 있겠다. 더 큰 문제는 에어컨 바람이 내 모든 감각을 자극한다. 나 때문에 가족이 고통을 당할 때도 있었다.

남편은 더위를 참다못해 큰딸네 집으로 피서를 떠났다. 큰딸은, 제발 아빠를 모셔가든가 에어컨 좀 틀라고 부탁했다. 이에 에어컨을 틀겠다고 약속하고는, 막상 남편이 돌아오자 약속을 어겼다.

그러던 어느 날 밤이다. 혼자 거실에 앉아 드라마를 보고 있는데 땀이 쉴 새 없이 흘러내렸다. 소파에서 거실 바닥에 내려가 앉았다. 그랬더니 좀 나아졌다. 하지만 다시 더워지는 것이다. 이쪽저쪽 자리를 옮겨 앉으며 엉덩이의 열을 식혔다. 형광등의 열이 얼굴까지 달아올랐다. 드라마 내용도 귀에 잘 들어오지 않았다. 탁자 밑으로 머리를 밀고 들어가 누웠다.

이 모습을 작은딸이 보고 말았다. 작은딸은 주방으로 가다 말고 "왜 그러고 있어요?"라고 묻는다. 나는 "형광등 빛이 뜨거워 숨어 있는 거다."고 대답했다. 딸은 아무 말 없이 제 방으로 들어가 버렸다. 땀 닦던 수건을 옷 속에 넣어 등의 땀을 연신 닦았다. 이쯤에서 에어컨을 틀어야 할지 말아야 할지 고민하다 일단 샤워부터 하기로 했다.

샤워실로 가려면 작은딸 방 앞을 지나야 한다. 빼꼼 열린 방문 안으로 딸 침대가 보였다. 그런데 침대 귀퉁이에 못 보던 매트가 놓여 있다. 다가가서 손으로 쓰다듬자 차가운 기운이 손끝을 타고 올라온다.

보고 있던 딸이 "고양이 더우니까 깔아주려고 산 냉 매트"라고 설명해 주었다. 순간 서운한 마음을 감출 수가 없었다.

"고양이는 더워서 안쓰럽고, 엄마에게는 아무런 느낌도 없었네. 엄마가 고양이만도 못하네"라고 말하는데 눈물이 날 것 같았다.

딸은 "그럼 엄마 갖다 써. 어차피 고양이는 거기에서 안 자더라고" 한다. 그 말이 내 귀에는 마치 "고양이가 안 쓰는 물건이니 엄마에게 주겠다."라는 말로 들렸다. 샤워하고 거실로 돌아오는데 서러움이 복받쳤다. 몸이 더우니 마음마저 틀어진 것 같았다.

회사에서 늦게 귀가한 남편은, 오늘이 제일 덥다면서 에어컨 좀 틀자고 한다. 대답 대신 조금 전 있었던 일을 이야기했다. 듣고 있던 남편이 이렇게 말했다.

"당신이 잘못했네. 그 나이에 아직도 고양이님하고 동등한 대접을 받으려고 했어? 강아지 안고 다니는 거 못 봤어? 유모차에 강아지 태우고 다니는 세상이라고. 그런데도 당신이 고양이님 상대가 돼? 이제 에어컨에 적응할 때도 됐잖아."

그 말에 고개를 끄덕였다. 하지만 괜히 심술이 났다.

"저 방에 고양이님 안 쓰는 냉 매트 있어. 그거 당신 갖다 쓸래?" 남편에게 응수했다.

돌탑 앞 비밀 소원

손자는 계단 위, 담벼락 아래, 일주문 턱, 화장실 길목 할 것 없이

돌만 보이면 주워다 돌탑을 쌓아두고 기도했다.

그래서 대신 소원을 이루어주고 싶었다.

당장, 명탐정 이지도르 보트를레로 변신했다.

아무도 '코로나'를 피해 갈 수는 없었다. 코로나 때문에 목숨을 잃기도 했다. 우리 가족도 죽을 고비를 넘겼다. 코로나가 얼마나 무서운 놈인지 여섯 살 손자도 기억하고 있었다.

폭풍처럼 몰아치던 코로나의 기세도 한풀 꺾였다. 우리는 서둘러 여행을 떠났다. 그리고 백련사에 도착했다. 아직 봄이 덜 깬 2월 중순, 동백도 꽃 필 때를 기다리고 있었다. 조금 실망하고 있는데 아이들 표정이 달라졌다. 동백꽃보다 더 환하게 웃는다. 관심 덩어리 손자가 달리기 시작했다. 뒤이어 연년생인 동생도 오빠를 따라 달렸다. 그 사이로 무수히 많은 사람이 마스크를 쓴 채 오갔다.

"할머니 빨리 와보세요. 빨리요."

손자가 멈추어 서서 손짓했다.

"잠깐만!"

일단 진정시키고 다가가 보았다. 손자는 손가락으로 여전히 그곳을 가리키고 있었다. 사람들이 쌓아놓은 돌탑이 길가에 즐비하게 늘어서 있다. 말로는 다 표현 못 할 한들이 돌탑에 깃들어 있을 것만 같았다.

"사람들이 돌탑을 쌓고 거기에다 소원을 빈단다. 기도 내용은 비밀에 부쳐야 기도발이 통한다"라고 말하는데 어렸을 때 우리 어머니의 기도가 생각났다.

어느 늦은 가을, 내 생일날이었다. 어머니는 소박한 생일상을 윗목에 차려놓고 기도를 올리셨다. 내가 무슨 소원을 빌었냐고 여쭸더니, 말하면 기도발이 사라진다며 끝내 비밀로 지키셨다. 그러나 내가 건강하게 잘 자란 걸 보면 그 비밀의 사연을 알 것도 같다.

손자의 관심은 곧 기도로 바뀌었다. "나도 소원을 빌어야지." 하더니 돌멩이를 주워 바위 위에 올려놓았다. 그러고는 눈 꼭 감고 두 손 모아 기도했다. 꽃구경, 절 구경에는 관심이 없었다. 길을 걷다가도 바위가 눈에 띄면 돌멩이를 올려놓고 기도했다. 덕분에 일행과의 거리가 점점 멀어졌다. 도대체 무슨 소원이 그리 많길래 기도만 올리느냐고 물었더니, 비밀이니까 말할 수 없다며 웃기만 한다. 대답하지 않아도 짐작이 갔다. 할머니 품에서 자라면서 한 달에 고작 두어 번 부모와 만나는 손자가 안쓰럽다. 아직은 부모가 그리울 어린 여섯 살 연년생, 동생에게 오빠 노릇 버거워도 밖으로 소리 내 실컷 뱉지 못하니, 너도 쌓인 게 많았겠다 싶었다.

손자의 속도에 내 보폭을 맞추며 모처럼 주변 사람을 지켜보았다. 돌탑에 기도하는 사람, 석탑에 기도하는 사람, 먼 산에 기도하는 사람, 부처님께 108배 하는 사람, 모두 제각각이다. 모습은 달라도 소원의 무게는 언제나 같아 보였다.

나도 뭔가를 빌고 싶어졌다. 대웅전 앞에 서서 두 손 합장하고 '요양병원에 계시는 우리 어머니 행복하게 해주십시오. 내 사랑 오래도록 함께 있게 해주십시오. 우리 손자, 손녀 건강하게 쑥쑥 잘 자라게 해주십시오.'하고 속으로 빌었다.

손자는 계단 위, 담벼락 아래, 일주문 턱, 화장실 길목 할 것 없이 돌만 보이면 주워다 돌탑을 쌓아두고 기도했다. 그래서 대신 소원을 들어주고 싶었다. 당장 명탐정 이지도르 보트를레로 변신했다.

"너도 인천 집 가보아서 알잖아. 얼마나 먼 곳인지. 동생도 참는데 너도 참아야지."

손자는 내 속을 훤히 꿰뚫고는 그래도 비밀은 말할 수 없다고 잘라 말했다.

나는 넌지시 혼자서 많은 소원 빌려면 부처님께 염치없으니, 할머니하고 나눠서 빌자고 말했다. 손자는 "소원 하나밖에 없는데요."하고 대답했다. 그렇다면 지금까지 나 혼자 소설을 썼다는 얘기가 된다. 단 하나라는 소원이 오히려 더 궁금해졌다.

주차장에 먼저 도착한 남편이 손자더러 빨리 걸으라고 외친다. 나는 괜히 남편에게, 전쟁터에 총 들고, 나라 구하러 가는 길 아니라, 점심 한 끼 먹으러 가는 길이니 서두르지 말자며 손자 역성을 들어주었다.

승용차 앞좌석은 작은딸에게 양보하고, 나는 손자 손녀를 뒷좌석 양옆에 앉혔다. 아직 밀봉된 손자의 비밀이 남아있었기 때문이다.

손자는 내 귀에 대고 "할머니한테만 알려줄게요. 사람들에게서 코로나가 사라지게 해달라고 빌었어요." 했다.

이걸 어떡해! 아이의 기도라고 하찮게 여긴 내 입방정 때문에 코로나가 사라지지 않을지도 모른다.

나는 애써 "세상일이란 시작이 있으면 끝도 있단다. 언젠가 코로나도 사라지겠지."라고 말해주었다. 손자가 고개를 끄덕이며 해맑게 웃었다. 난 내 가족만을 위해 기도했는데… 손자가 할머니보다 어른 같았다.

나의 작은 영웅

사람들이 우르르 단상으로 올라가 면장에게서 친구 아버지를 떼어냈다.

마을 사람들은 잘했다, 내 속이 시원하다,

응원 대신 혹시라도 면장에게 불이익을 당할까 봐 전전긍긍했다.

하지만 내 눈에 면장보다 대통령보다 친구 아버지가 더 멋있어 보였다.

이미 내 마음속에는 영웅이었다.

'난세에 영웅이 난다.'라는 말이 있다. 전쟁이나 정치적 부패로 세상이 혼란스러울 때 위기에서 나라를 구한 사람을 일반적으로 영웅이라 부른다. 제갈량은 중국의 삼국시대 유비의 책사로 활약한 인물인데, 충성과 탁월한 지략으로 촉한의 기반을 다졌다. 특히 유비 사후에도 유비의 아들, 유선을 보필하였는데, 그의 출사표는 이 시대 충성과 헌신의 상징이 되었다. 이순신 장군은 왜구가 쳐들어왔을 때, 불굴의 의지로 바다를 지킨 영웅 중의 영웅이다.

　영웅이라 해서 반드시 나라를 구해야 할 필요는 없다고 생각한다. 한 사람의 마음속에 자리 잡은 작은 영웅도 영웅은 영웅이다.

지금은 상황이 많이 달라졌지만, 60~70년대만 해도 시골 면장이라 하면 막강한 힘을 가진 자였다. 멀리 있는 대통령보다 더 힘이 강했는지도 모르겠다.

그 시절에는 의무에 해당하는 국가 동원으로 '울력'이라는 것이 있었다. 그것이 마을별로 할당되어 내려오면, 성별, 나이 따질 것 없이 가족 대표로 울력에 동원되었다. 겨우 열 살이 될까 말까 하던 나도 마을 뒷산으로 풀베기 울력에 동원되었던 기억이 난다. 면장 말을 잘 따라야 각종 혜택과 또 국가에서 내려오는 배급의 특혜가 있었다. 즉, 면장의 기분에 따라 배급량이 고무줄처럼 늘어나기도 하고, 줄어들기도 하였다. 어느 해는 길을 넓힌다고, 500살 먹은 마을 당산나무를 손짓 하나로 베어버린 적도 있었다.

해마다 8.15광복절에 면민 축구대항전이 있었는데, 면장은 축구 심판일도 보았다. 호루라기를 입에 문 면장은 양쪽 마을 대표 선수들 틈을 헤집고, 물찬 제비처럼 운동장을 누볐다. 그런데 이상한 일이 벌어졌다. 면장이 속한 마을의 선수들과 붙기만 하면, 상대측 선수들은 힘 한번 못 쓴채 추풍낙엽처럼 떨어져 나가는 것이었다. 하지만 아무도 대놓고 항의하지 못했다. 뒤에서 수군대는 게 항의 표시의 전부였다. 면장이 심판을 보는 순간 게임은 이미 기울어진 운동장이었다.

드디어 우리 마을과 면장이 속한 마을이 결승전에서 맞붙었다. 우리 마을은 면에서도 1·2위를 다툴 만큼 그 규모가 컸다. 절대 밀리지 않을 자신이 있었다. 우리는 목이 터져라 응원하며 상대 팀을 기선제압했다. 처음에는 한 골을 주면 한 골을 가져오며 팽팽하게 맞섰다.

그러더니 어느 순간 면장이 호루라기를 길게 불었다. 호루라기 소리는 우리 마을에 패배를 안겨주었다.

몇 년 동안 지켜 온 우승기를 내줄 때, 우리 측 선수들은 엉엉 울었다. 하지만 참아내야 했다.

면장이 우승팀에게 우승기를 넘겨주려 할 때였다. 한 술주정뱅이가 단상으로 뛰어 올라갔다. 나와 같은 반, 친구의 아버지였다. 그는 누가 말릴 틈도 없이 면장의 멱살을 잡아끌었다. 잘 기억나지 않는데

"네가 면장이면 다냐? 이따위 거지 같은 심판이 어딨어!"라고 소리쳤던 것 같다. 사람들이 우르르 단상으로 올라가 면장에게서 친구 아버지를 떼어냈다.

마을 사람들은 잘했다, 내 속이 시원하다, 응원 대신 혹시라도 면장에게 불이익을 당할까 봐 전전긍긍했다.

"면장 눈 밖에 나면 큰일인데."

"술을 처먹었으면 조용히 자빠져 잠이나 잘 것이지, 미꾸라지 한 마리가 온 우물을 흐려놓네."

"아이고 화상아, 네가 뭔데 감히 면장 멱살을 잡아."

모두 한마디씩 했다. 어떤 사람은 그의 등을 두드리기도 했다.

하지만 내 눈에 면장보다 대통령보다 친구 아버지가 더 멋있어 보였다. 이미 내 마음 속에는 영웅이었다.

거울아, 세상에서 뭐가 제일 맛있니?

어머니는 복숭아를 애벌레 채 물에 씻어, 미리 꿀을 부어놓은 솥에 쏟아부으셨다.

우리 형제는 솥 옆에 쭈그리고 앉아 침을 꼴깍이며 불안하게 쳐다보았다.

차마 아버지 약에 쓸 복숭아를 달라는 말이 나오지 않았다.

사람마다 좋아하는 음식이 같지는 않다. 고기를 좋아하는 사람이 있는가 하면 생선을 좋아하는 사람이 있다. 곡류를 좋아하는 사람이 있는가 하면 과일을 좋아하는 사람도 있다. 과일 중에서도 입맛이나 체질에 따라 호불호가 갈리기도 한다. 물론 먹는 것이라면 가리지 않고 좋아하는 사람도 있다.

나는 복숭아를 좋아한다. 누군가가 세상에서 제일 좋아하는 과일을 고르라고 하면 망설임 없이 "복숭아"하고 대답할 것이다.

복숭아에는 몸에 좋은 성분도 많이 들어있다. 폴리페놀, 카로티노이드는 폐의 염증을 완화하고, 유기산과 비타민 C

는 가래를 삭여주며, 수분 함량이 높아 호흡기의 점막을 촉촉하게 지속시켜 준다고 한다.

단지 건강 때문에 복숭아를 좋아하는 것은 결코 아니다. 복숭아에 대한 추억은 어렸을 때로 거슬러 간다.

아버지는 농부였지만, 기계 다루는 솜씨, 특히 쟁기질 솜씨는 완벽에 가까웠다.

"이랴이랴, 쯔쯔쯔쯔, 워워" 소리를 하면 소도 알아들었다는 듯 아버지와 박자를 맞추었다. 아버지의 쟁기는 아무리 오래 묵힌 띠밭이라도 깊이 갈아엎었다. 그러고는 자로 잰 듯, 가위로 자른 듯, 가르마를 탄 듯, 반듯하게 고랑을 낸다. 아버지가 보리를 베어낸 논에 초벌 갈아엎고, 물을 가둬 둔 뒤 써레질을 마치면 도토리묵인 듯, 뻘밭인 듯, 흙살에 정강이가 푹푹 빠졌다.

"오메, 정읍양반 마음에 쏙 들어부요. 으짜면 그리고 야무지게 잘하시오. 내 속도 갈아주면 좋겠다."고 동네 사람들은 이구동성으로 칭찬하였다.

"답답한 양반아 요령껏 하란 말이오." 어머니는 말리셨는데 "아니여, 땅속 깊이 묵힌 곳도 갈아 엎어줘야 저그 속 덩어리진 흙까지 잘 풀리고, 곡식도 건강하게 뿌리 내린디 으째 대강 한당가." 하셨다.

아니나 다를까. 모내기가 한창이자 아버지는, 해가 뜨면 남의 집에 쟁기질 가시고, 달이 뜨면 우리 논밭을 쟁기질하시더니 여름에 폐렴이 걸리셨다.

장대비가 퍼붓던 날, 어머니와 나는 며칠 전 아버지가 갈아놓은 밭에서 고구마 순을 놓고 있었다. 아버지는 견디다 견디다 안 되겠다 싶으셨는지, 혼자 의원을 찾아가겠다며 밖으로 나오셨다. 버스를 타려고 집 앞 저수지 언덕을 오르는데 가다 멈춰 서고, 가다가 멈춰 서는 것이다. 콜록콜록, 쌔액쌔액, 쎅쎅….

아버지의 고개가 땅속으로 파고들어 갈 때, 초등학생이던 내 폐도 따라 찢어지고 있었다.

아랫마을에서 박수무당이 찾아오던 날, 어머니의 심부름으로 뒷산에 올라가 산 복숭아 나뭇가지를 꺾어왔다. 박수무당은 정지에 물 남실한 항아리를 놓고 그 위에 바가지를 거꾸로 동동 띄워놓았다. 어둠이 짙어지자 박수무당은 호롱불이 희그무레 켜진 정지에서 산복숭아 나뭇가지로 바가지를 두드리며 의식을 치렀다.

"모월, 모일 생, 장 아무개가 비나이다. 조왕님께 비나이다…. 악귀는 물러가라, 악귀는 물러가라."

날이 샐 때까지 굿판을 벌였지만, 별 차도가 없었다. 아버지가 솜이불을 덮고 누워계셨던 기억으로 봐서, 꽤 오랫동안 자리에 누워 계셨던 것 같다.

어느 늦봄 아버지 친구분이 바지게에 복숭아를 지고, 우리 집에 오셨다. 대소쿠리에 부어진 복숭아에서는 애벌레가 득실거리고 있었다. 요즘 아이들 같으면 기겁할,만도 하지만, 아버지의 기침을 낫게 해주는 약이라고 생각하니 아무렇지 않았다.

어머니는 복숭아를 애벌레 채 물에 씻어, 미리 꿀을 부어 놓은 솥에 쏟아부으셨다. 우리 형제는 솥 옆에 쭈그리고 앉아 침을 꼴깍이며, 불안하게 쳐다보았다. 차마 아버지 약에 쓸 복숭아를 달라는 말이 나오지 않았다. 어머니는 우리 마음을 아셨던지, 그중 몇 개를 칼로 도려내어 성한 부분만 우리 입에 넣어 주셨다. 아삭아삭 씹히는 복숭아 맛은 얼마나 달던지, 지상의 맛이 아닌 천상의 맛 같았다.

복숭아 때문인지 모르겠지만, 아버지는 자리를 털고 일어나셨다.

"이랴이랴, 쯔쯔쯔쯔, 워워…."

지금도 복숭아 속에서 아버지의 음성이 들리는 듯하다.

동병상련

드디어 내 차례가 돌아왔다.

나는 핸들을 최대한 왼쪽으로 돌려 직원 쪽으로 갖다 붙였다.

차창 쪽으로 어깨를 밀착시키며 "안녕하세요"하고 먼저 인사했다.

그리고 최대한 팔을 길게 뻗었다.

직원도 "안녕하세요"하고 인사하며 짧게 팔을 뻗었다.

손에서 손으로 요금이 오고 갔다.

동병상련 뜻을 찾아보면, 같은 병을 앓는 사람끼리 서로 가엾게 여긴다는 뜻이라고 나와 있다. 즉 비슷한 처지인 사람끼리 같이 공감하고 도와준다는 뜻이다.

　얼마 전, 지인의 간절한 부탁으로 고향의 선배 회사에서 몇 달간 경리 일을 맡아보게 되었다. 출근길은 여러 갈래가 있었지만 곧게 뻗은 외곽 도로를 택했다. 그곳에는 요금소가 설치되어 있다. 통과하려면 하이패스를 이용하거나 요금소 직원에게 통행료를 직접 내야 한다.

　나는 아직 하이패스 기계를 달지 않았다. 요금소 직원에게 직접 현금을 낸다.

　요금을 내기 전 열린 창문으로 서로 인사부터 나눈다.

"안녕하세요."

"수고 하십니다."

그러고는 팔을 길게 뻗어 요금을 주고받는다.

남편은 불편하게 굳이 현금을 내는 이유가 이해되지 않는다고 한다. 하이패스의 편리함은 남편이 콕 집어 말하지 않아도 잘 안다. 하지만 모두 하이패스를 장착하는 날, 요금소 직원은 더는 필요 없게 될 것이다. 나는 슬퍼질 것이다.

회사에 얽매이다 보니 해야 할 농사일은 자연히 쌓여갔다. 무슨 곡식이든 씨뿌리는 적기가 따로 있지만, 특히 봄에 때를 놓치면 모든 순서가 어그러진다. 일 년 농사의 첫 시작이기 때문이다. 사정이 이렇다 보니 일을 몰아쳐서 하게 되었다.

힘에 부쳤지만, 용을 쓰고 밭을 일구었다. 조금 무리했더니 다음 날부터 어깨에서부터 통증이 시작되었다. 통증은 오른쪽 어깨에서 왼쪽 어깨에까지 옮겨갔다. 점점 심해지더니 나중에는 팔을 뒤로 젖힐 수 없을 정도가 되었다. 가족들이 걱정할까 봐 내색도 할 수 없었다.

하루는 회사에 일이 있어 평소보다 일찍 출발하였다. 한창 출근길이라 그런지 요금소 앞에서 교통이 정체되었다. 발을 동동거리며 창구에서 들락날락하는 직원의 팔만 지켜보았다. 직원은 바쁘게 팔을 움직이며 돈을 받고, 거스름돈을 내주었다.

갑자기 내 팔에 통증이 느껴졌다. 팔을 쓰고 있는 사람은 분명 창구 직원인데 이상했다. 이래서 동병상련이라고 하는가 보다.

집 없는 설움을 겪어 보아야 남의집살이하는 사람의 심정을 이해하고, 직장을 잃어 보아야 실업자의 심정을 더 잘 이해할 수 있다. 아이를 낳아 길러 보아야 생명의 고귀함이 더 가슴에 와닿게 되고, 아파 보아야 남의 고통을 구체적으로 공유할 수 있다. 이처럼 내 팔이 아파지고 나서야 상대의 통증도 느껴지기 시작한 것이다.

드디어 내 차례가 돌아왔다. 나는 핸들을 최대한 왼쪽으로 돌려 직원 쪽으로 갖다 붙였다. 차창 쪽으로 어깨를 밀착시키며 "안녕하세요."하고 먼저 인사했다. 그리고 최대한 팔을 길게 뻗었다.

직원도 "안녕하세요."하고 인사하며 짧게 팔을 뻗었다. 손에서 손으로 요금이 오고 갔다.

"수고하세요"라는 인사말을 남기고 기분 좋게 출발하였다.

어느 가을날에

단풍잎은 하늘로 날아올랐다.

곧이어 자동차도로의 한가운데로 뛰어들었다.

그러고는 까만 버스의 앞 유리에 달라붙었다.

"빵!"

까만 버스가 급정거했다. 단풍잎은 튕겨져서 하늘색 승용차와 충돌했다.

승용차는 오히려 속도를 높였다.

"누구 신고 좀 해주세요! 뺑소니범이에요."

단풍잎이 외쳤다.

고속도로를 달려 다음 날 새벽 바닷가에 도착했다. 그런데 빨간 단풍잎 하나가 승용차 앞 와이퍼에 끼어있다. 주인 허락도 없이 무임승차를 하다니, 괘씸한 생각이 들었다. 당장 끌어내 던져버리려다가 눈을 맞추었다. 혹시, 내게 말을 걸어올지도 모를 일이다.

"넌 누구니?"

내가 묻자, 단풍잎이 진짜 말을 했다.

단풍잎은 나무 맨 아래 작은 가지 끝에 매달려 있었다. 다른 형제들이 "우리는 온종일 하늘의 해를 본단다. 한 번도 해를 본 적 없지?" 하고 자랑했다.

단풍잎도 지지 않고 "비록 지금은 볼 수 없지만 땅 위에도 볼 게 많단다. 굴 파는 땅강아지, 거미줄에 걸려든 매미, 팔짝 고양이, 사색에 잠긴 사람들도 보인단다. 사람들이 그러는데 해가 바다에서 태어난대. 나는 바다로 떠날 거야."라고 했다.

이에 단풍 형제들도 태어나는 해를 보기 위해 바다에 가기로 약속했다. 빨간 고추잠자리가 공원에 나타나기 시작했다. 공원의 나뭇잎들이 빨갛게 물들어 갔다. 가을이 온 것이다.

단풍잎 형제들은 멀리 날기 위해 몸무게를 줄여나갔다. 바람이 불던 날이었다.

"지금이야. 바다로 떠날 시간이 되었어."

단풍 형제들이 앞다투어 하늘로 날아올랐다.

"돌아와. 더 가벼워져야 한다고."

단풍잎이 불렀다. 그러나 아무도 돌아오지 못했다. 곧바로 공원 바닥에 떨어지고, 여자아이 손에 붙잡히는가 하면, 사람 발에 밟혔으며, 자동차 바퀴에 깔리기도 했다.

드디어 혼자 남은 단풍잎은 깃털처럼 가볍게 되었다. 연인들이 나무 아래를 지나가고 있을 때였다. 꽃가루 같은 것이 공원 여기저기로 날아다녔다.

"어, 눈이 오네!"

여자가 몸을 움츠리며 하늘을 보았다.

"바람까지 심하게 부네. 빨리 집에 돌아가자."

남자도 하늘을 보았다. 두 사람은 종종걸음쳤다. 그때 회오리바람이 불어와 단풍잎을 휩쓸었다.

"이때다!"

단풍잎은 하늘로 날아올랐다. 곧이어 자동차도로 한가운데로 뛰어들었다. 그러고는 까만 버스의 앞 유리에 달라붙었다.

"빵!"

까만 버스가 급정거했다. 단풍잎은 퉁겨져서 하늘색 승용차와 충돌했다. 승용차는 오히려 속도를 높였다.

"누구 신고 좀 해주세요! 뺑소니범이에요."

단풍잎이 고래고래 소리 질렀다. 운전자는 앞으로, 앞으로 달려 나갔다.

"한판 붙어보자 이거지. 파닥파닥!"

단풍잎이 유리창을 때렸다.

승용차는 더 세게 달렸다. 앞서가던 회색 짐차를 한 대 젖히고, 옆 차선의 버스도 제치더니 빠앙, 경적 울리며 끼어들기를 하려는 까만 승용차를 단숨에 따돌렸다. 단풍잎은 바들바들 떨며 와이퍼에 몸을 고정했다. 그제야 안심이 되었다.

단풍잎은 교통사고도 까맣게 잊은 채 하늘을 올려다보았다. 기러기들이 무리를 지어 날아가고 있었다. 그 사이로 초

승달이 보였다. 단풍잎은 어느새 잠이 들었다.

단풍잎은 새벽이 되어서야 잠에서 깼다. 바다에서 태양이 떠오르고 있었다. 그때 한 여자가 다가오더니 단풍잎을 떼어냈다.

"넌 누구니?"

여기까지 이야기를 듣던 나는 단풍잎을 들고, 바다 가까이 다가갔다. 그러고는 단풍잎을 날려 주었다.

"여기까지 태워줘서 고마워"

팔랑팔랑, 단풍잎은 해를 향해 날아갔다.

그녀를 만나는 곳 100M 전

족쳐도 나올 게 없다는 걸 알았는지 다음 날 아침이 되어서야 풀어주었다.

그녀는 걸을 수 없을 만큼 만신창이가 되어있었다.

몸으로 바닥을 기며 집으로 향했다. 마음은 달려가는데 몸이 따라주지 않다.

"나 좀 집에 데려다주시오! 우리 새끼 젖 줘야 한당께요.

오메! 배고파서 어쩐다요. 나를 기다릴 것인지"

퉁퉁 부은 젖가슴을 안고 절규했다.

"저기 보이는 노란 찻집 오늘은 그녈 세 번째 만나는 날···, 하늘에 구름이 솜사탕이 아닐까 어디 한 번 뛰어올라 볼까···"

가수 이상우가 부르는 〈그녀를 만나기 100M 전〉 노래 가사의 일부분이다. 사랑하는 그녀를 만나러 가는 주인공의 현재 감정 상태가 잘 나타나 있다. 감정이 벅차오르는 그에게는 사랑하는 사람과 자신 외 다른 존재는 의식되지 않을 것이다.

만약 감정과 이성이 부딪힌다면 감정이 이길까? 이성이 이길까? 갑자기 궁금해졌다.

6.25 전쟁은 모두에게 상처를 안겨주었다. 죄 없는 양민 학살은 이성보다 감정이 먼저 앞섰다. 밤에 인민군이 산에서 내려와 경찰 가족을 죽이고 나면, 낮에는 경찰이 산에서 내려와

인민군 가족에게 똑같이 해주었다고 한다. 헌병 아들을 두었던 외할머니만 하더라도 아들의 죽음에 얼마나 한이 맺혔던지, 평생 구운 음식은 입에 넣지 않으셨다. 외할아버지는 화병으로 돌아가셨다고 한다. 그렇게 복수전이 펼쳐지고 있던 때, 한 여자도 사내아이를 낳았다. 여자의 남편은 경찰이었다.

경찰은 인민군이 복수하러 올 거라는 정보를 미리 입수하였다. 이에 그의 가족들은, 갓난아기와 산모를 두고, 산속으로 들어가 꼭꼭 숨어버렸다. 여자는 그렇지 못했다. 아기의 울음소리는 몸을 감추기에는 치명적이기 때문이다. 그녀인들 자기 목숨 소중한 줄 모르지 않았겠지만, 아기와 함께 남기로 했다.

얼마 안 있어, 정말 인민군이 경찰을 잡으러 왔다. 하지만 이미 도망쳐버렸다는 것을 알게 되자, 대신 여자를 끌고 갔다. 여자가 끌려간 곳은 잠시 인민군이 탈환한 옆 마을 경찰서였다.

그날 밤부터 고문이 시작되었다.

"악질 반동 놈 새끼. 네 남편 경찰 놈 말이야. 어디에 숨겼어? 그것만 불어!"

닥치는 대로 몽둥이를 휘두르고, 여자를 짓밟았다. 인민군은 족쳐도 나올 게 없다는 걸 알았는지 다음날 아침이 되어서야 풀어주었다. 그녀는 걸을 수 없을 만큼 만신창이가 되어있었다. 몸으로 바닥을 기며 집으로 향했다. 마음은 달려가는데 몸이 따라주지 않았다.

"나 좀 집에 데려다주시오! 우리 새끼 젖 줘야 한당께요. 오메! 배고파서 어쩐다요. 나를 기다릴 것인지."

퉁퉁 부은 젖가슴을 안고 절규했다.

머릿속에는 오직 사랑하는 자식에게 젖 한 번만 주고 싶다는 것뿐이었다. 사람들은 아무도 나서지 않았다. 목숨이 둘이 아닌 이상 함부로 나서면 안 된다고 생각했기 때문이다.

그녀도 아이를 못 만나게 되리라는 것을 잘 알고 있었을 것이다. 하지만 포기하지 않았다. 그렇게 한나절을 뱀처럼 기어가다가 마을 입구에서 멈추었다.

북한군은 밤마다 아기가 있는 집을 감시하였다. 어미가 죽었다는 소식을 듣고, 가족 중 누군가는 산에서 내려오겠지 하고, 생각했는지 모른다. 그러나 아무도 나타나지 않았다. 응애 응애, 아기의 울음소리만이 간절히 엄마를 찾고 있었다.

그때 동네 사람들이 목숨을 걸고 나섰다. 몰래 여자의 장례를 마치고, 아이를 돌봐주었다. 누구는 망을 보고, 누구는 젖을 물렸다. 젖이 없는 사람은, 자기도 못 먹는 귀한 보리밥으로 미음을 만들어 먹였다. 거친 곡식을 입으로 꼭꼭 씹어서 입에 넣어 주는 사람도 있었다. 인민군 역시, 아무리 감정이 메말라 버렸다고 하지만, 어린 생명만큼은 어쩔 수 없었나 보다. 보고도 모른 척 눈감아 주었다고 한다. 그러고 보면, 때에 따라서 감정이 이성보다 앞서기도 하고, 뒤서기도 하는가보다.

장성한 아들은 아버지를 따라 경찰이 되었다. 꽃다발을 들고, 어머니 묘소를 찾아가고 있는 저 청년은 지금 어떤 감정일까? 모르긴 해도 결코 이상우의 〈그녀를 만나기 100M 전〉 감정은 아닐 것이다.

나는, 어머니가 이야기를 끝마칠 때까지 고추를 따다가 말고 서서 청년의 뒷모습을 바라보았다.

개 판 돈

시어머니가 바닥을 내리치기 시작하면 내 가슴은 둥, 둥, 둥,

개미지옥으로 빠져들어 가는 가엾은 개미 한 마리가 된다.

발버둥 칠수록 시어머니는 나를 움켜쥐고, 숨통을 끊어 놓으려 하셨다.

언니가 시골 친정에 들어와 살기 시작하면서 누런 강아지 한 마리를 데려왔다. 아직 엄마 젖이 그리울 어린 강아지에게 목줄을 해놓았다. 시집살이 고달프던 내게 친정어머니가, 마음 붙이라며, 내 품에 안겨주셨던 옛날의 우리 누렁이만 하다.

시어머니는 누렁이에게 목줄부터 채웠다.

그때 왜 그랬을까? 나도 그 누렁이에게 머리 한 번 제대로 쓰다듬어주지 못하고 살았다.

누렁이가 다 자랐을 무렵, 우리 마을에서 외지로 꽃놀이를 떠나기로 했다. 봄 농사가 시작되기 전 마을 사람끼리 가는 여행이다. 시어머니는, 옷차림이 초라해 보이는 며느리가 거슬

렸던지, 남의 눈에 흉잡히지 않게 옷 신경 쓰라고 하셨다.

이기지 못할 줄 뻔히 알면서도 이번 여행 가고 싶지 않다고 하자, 시어머니의 매 눈이 나를 쏘아보았다.

"너는 해도 남편 체면 깎이는 꼭 멍청이 같은 짓만 한다."

우리의 사정을 잘 알고 계셨으면서도 모질게 말씀하셨다.

시아버지 귀에도 들어가게 되었고, 그렇게 옷이 필요한 거라면 개라도 팔아서 사주라고 하셨다. 가족과도 같은 내 누렁이를 그렇게도 쉽게 말했다. 개는 마당에서 살랑살랑 꼬리를 흔들고 있었다. 우리 어머니가 그러라고 준 것 아니라며 아무 옷이나 입고, 그냥 갈 거라고 말대꾸했다. 시어머니는, 아들 뼈 빠지게 돈 벌어오면 안에서 여자가 박박 긁어대니까 내 아들 집에 들어오고 싶겠냐는 등, 여자가 잘 들어와야 한다고 내 가슴에 따발총 융단폭격을 쏟아붓는데, 또 시작이구나 싶었다.

시어머니는 당신 말에 스스로 복받쳐, 네가 언제 용돈 한 번 주어봤냐며, 살다가 별일을 다 겪어보겠다고, 에고, 불쌍하고, 불쌍한 내 신세. 세상에 개 팔아 며느리 옷 사주는 시어머니 어디에 있냐면서 방바닥에 손바닥을 내리치기 시작했다. 시어머니가 바닥을 내리치기 시작하면 내 가슴은 둥, 둥, 둥, 개미지옥으로 빠져들어 가는 가엾은 개미 한 마리가 된다. 발버둥 칠수록 시어머니는 나를 움켜쥐고, 숨통을 끊어 놓으려 하셨다.

그길로 백화점에 가긴 했지만, 워낙 오랜만에 찾아간 곳이라 어떤 옷을 어떻게 골라야 하는지, 옷 사는 법까지 잊어버렸다. 백화점을 처음 가본 사람처럼 돌고 돌다가 여성 의류 판매장 안으로 들어갔다.

가격표부터 확인하고 있는데 여직원이 옆에서 거들기 시작한다. 좀 싼 옷을 추천해 달라고 하자 "남 앞에 당당해질 때 대접도 받을 수 있다."라며 좀 비싸더라도 사고 싶은 옷으로 고르라고 한다. 그 말에 용기가 생겼다. 이에 청록색 모시 스리피스 옷을 카드로 사고, 영수증을 받았다.

대문을 열고 마당에 들어서는데 우리 누렁이가 나를 보고, 꼬리를 흔들어댄다. 정말 자기를 팔 거냐고 묻는 것 같았다. 걱정하지 말아라. 설마 시어머니가 널 팔겠냐 했다.

시어머니는 안방 창틈으로 고개를 내밀고는

"옷만 사 입고 빨리 오라 하니까, 공장에서 만들어 입고 오는가보다, 개하고 노닥거릴 시간 없다. 네 시아버지 아까부터 시장하시단다."

화난 목소리로 말씀하신다.

저녁 식사를 끝마치고, 시어머니에게 영수증을 내밀었다. 시어머니의 동굴 같은 입이 떡 벌어졌다. 나도 물러서지 않았다. 끝끝내 취소하지 않겠다고 하자, 당장 개를 팔겠다고 엄포를 놓으셨다.

설마 하던 일이 다음 날 일어나고 말았다. 시어머니는 보란 듯이 개장수 불러 누렁이를 팔아버렸다. "옜다, 개값이다." 시어머니는 개판 돈을 십 원짜리 한 장 빼지 않고 건네셨다. 눈물이 날 것 같았지만, 꾹 눌러 참으며 "고맙습니다." 하고는 그 돈을 받아 챙겼다.

여행 떠나던 날, 시어머니 뒤따라 버스에 올랐다. 미리 앉아 있던 사람들이 새 옷을 매만지며, 시어머니가 사주셨냐고 물었다. 나는 대차게, 이 옷은 친정어머니가 사 준, 개 팔아 산 옷이라고 큰소리로 답했다. 시어머니 입이 실룩거리고, 눈도 흘겼지만, 애써 외면했다. 다만 모시옷을 구길까 봐 조심스레 의자에 앉았다.

지금 내 앞에서 꼬리 흔드는 강아지를 본다. 그때 팔려 간 누렁이 환생처럼 느껴진다. 나는 쪼그리고 앉아, 누렁이를 대하듯 강아지를 쓰다듬었다.

"누렁아! 미안해."

하루살이의 입

하루살이는 입이 없다고 한다.

죽을 날을 받아놓았기 때문에 그렇다고 한다.

언젠가 눈으로 직접 확인하고 싶어서

날아다니는 하루살이 한 마리를 낚아챈 적이 있었다.

그러고는 루페를 그의 입에 들이댔다.

머리를 처박고, 한쪽 눈알이 튀어나올 만큼 들여다보았다.

어머니가 요양병원에 입원하시고, 벌써 몇 번째 가족의 비상소집이 있었는지 모른다. 그럴 때마다 어머니의 기대수명은 한 단계씩 낮아졌다. 처음에 면회했을 때는 휠체어에 앉아서, 다음에는 침대에 눕혀서 오시더니, 마지막에는 콧줄을 달고 나오셨다. 양손이 끈으로 묶인 채였다. 자꾸 콧줄을 빼려고 하시니 병원에서도 어쩔 수 없다고 한다.

돌아오는 길에 혼잣말로 '우리 어머니, 이제 잡수는 것 졸업하셨네.' 하고는 눈물을 쏟았다.

우리 형제들은 아직도 어머니가 무얼 좋아하시는지 모른다. 어머니는 밥솥에서 아버지 밥부터 담았다. 막내 몫까지 밥을 다 담고 나서야, 바닥에 눌어붙은 얼마 안 되는 밥을 당신 몫으로 담으셨다. 우리가 남긴 잔밥으로 나머지 배를 채우셨다.

나는, 어머니가 속옷 사 입으시는 것을 본 기억이 없다. 딸들이 교복 속에 입다가 구멍 뚫려 못 입게 된 속옷만 입으셨다. 나는 그것을 한 번도 가슴 아파하지 않았다. 모든 어머니가 그러는 줄 알았다. 그러다가 시어머니를 보고서야, 우리 어머니도 새 옷을 좋아하실 거라는 걸 깨달았다. 정말이지 바보스럽고 무심한 딸이었다.

우리가 어른이 되어, 잡수고 싶은 것 없냐고 물으면 "먹고 싶은 것 없다. 집에 먹을 것이 얼마나 많은 데 돈 주고 사지 마라" 항상 그런 식이다. 그래서 우리 형제들은 어머니가 무엇을 잡수고 싶어 하시는지, 무엇을 입고 싶어 하시는지도 몰랐다. 물론 놀 줄도 모르신다고 생각했다.

그런 어머니가 요양병원에 입원하고, 얼마 안 있어 틀니를 해달라고 보채셨다. 먹고 싶은 것이 많은데, 이가 없어 못 먹겠다고 하셨다. 자식들은 그런 어머니를 자동차 연비 따지듯 하였다. 틀니를 했을 때, 돈 값어치를 따져서 얼마나 오랫동안 사용할 수 있을지 효용가치만 따졌다. 서로의 탓을 하기도 했다. 돈 없어 못 한다, 유산상속 받은 아들이 해야지. 옥신각신하다가 영영 기회를 놓치고 만 것이다.

어머니가 하루살이 같다는 생각이 들었다. 하루살이는 입이 없다고 한다. 죽을 날을 받아놓았기 때문에 그렇다고 한다. 언젠가 눈으로 직접 확인하고 싶어서, 날아다니는 하루살이 한 마리를 낚아챈 적이 있었다. 그러고는 루페를 그의 입에 들이댔다. 머리를 처박고, 한쪽 눈알이 튀어나올 만큼 들여다봤다. 하지만 입은 보이지 않았다. 입이 너무 작아 안 보이는 것인지, 더 이상 먹을 필요가 없어져서 사라져 버린 것인지는 알 수 없었다. 그런 바보 같은 행동을 왜 했는지 모른다. 음식을 먹을 수 없다는 의미를 함께 공감하지 못한 행동이었다.

그동안 어머니는 틀니 할 돈이 아깝다며, 씹는 게 불편해도 참고 견디어왔던 분이셨다. 그런 어머니가 그렇게 틀니를 원하는 데에는 이유가 있었을 것이다. 그런데도 아무도 어머니의 마음을 읽으려 하지 않았다.

결론은 돈이 아까워서였다. 어머니가 내 자식이었다면 어땠을까. 단 하루를 먹을지라도 한이나 없게, 틀니를 끼워주었을 것이다. 자식이란 항상 그렇다. 그런 의미에서 나는 불효자식이었다.

이제 어머니는 하루살이가 되었다. 입이 있어도 입이 없으시다.

돈의 무게

천 원, 만 원, 오만 원권 지폐를 각각 저울에 달아보면

종이의 무게는 거기에서 거기, 겨우 1g 정도이다.

하지만 그 종이가 어떤 색깔이고, 어떤 숫자가 새겨지냐에 따라

상상을 초월할 만큼 가치는 변신한다.

천 원, 만 원, 오만 원권 지폐를 각각 저울에 달아보면 종이의 무게는 거기에서 거기, 겨우 1g 정도이다. 하지만 그 종이가 어떤 색깔이고, 어떤 숫자가 새겨지느냐에 따라 상상을 초월할 만큼 가치는 변신한다. 그것을 쥔 사람의 운명까지 가를 만큼의 영향력을 끼치는 것이다. 우리는 그 마법 같은 돈의 굴레에서 벗어날 때까지는 언제나 돈의 노예가 된다. 돈을 최상위에 두고 그에 도달하지 못할 때 스스로가 불행하다고 느끼기도 한다. 사실은 돈보다 더 중요한 게 있다는 사실을 잊고 사는 것 같다.

옛날, 남편은 빚보증 사기를 당하여 집이 경매로 넘어갔었다. 구경도 못해 본 보증 빚 때문에 죄 없는 나와 아이들이

길거리로 쫓겨나야 했다. 경매 입찰자는 당장 집을 비워달
라고 통보해 왔다. 어린아이들을 위해서라도 대책 없이 쫓
겨 나기 싫었다. 사실 갈 곳도 아직 정해지지 않은 상태였다.
그쪽의 만나자는 연락을 받고, 우리는 약속 장소로 나갔다.

　커피숍에 마주 앉은 상대 부부와 우리 부부 사이에 팽팽한
기싸움이 시작되었다. 몇 푼 안 되는 이사비용을 깎아 달라
기에 제시 가격에서 한 푼도 깎아줄 수 없다고 선을 그었다.
나름 정보를 다 알아본 상태였다.

　남자는 갑자기, 자기가 경매 경력 10년 베테랑이라며 능력
을 과시하기 시작했다. 그렇다고 기가 죽을 내가 아니었다.
"경력이 10년이나 된다면서 기본 상식도 모르냐"며 맞받아
쳤다.

　상대 남자는 전술을 바꿔야겠다고 생각했는지, 유리컵을
집어 탁자에 내리쳤다. 유리 파편이 사방으로 튀었다. 그러
면 우리 부부가 겁먹고 온순해질 줄 알았나 보다. 사실 남편
은 효과가 있어 보였다. 나는 그 반대였다. 심장이 활활 타올
라 제대로 숨조차 쉬어지지 않았다. 그건 두려움이 아니라,
남편과 그 남자에 대한 분노였다.

　젊은 부부는 내 가벼운 주머니를, 나는 돈 자랑하는 그들
을 경멸했다. 그렇게 돈이 많으면, 내 결정에서 어느 것 하나
토 달지 말고, 생각이 바뀌면 다시 연락하라고 대답해 주었다.

집으로 돌아오는 길 내내 그렇게 굴욕스러울 수가 없었다. 분을 못 이겨, 나 자신에게 탕탕, 망치질하였다. 그러고는 멍한 표정으로 걷고 있는 남편 가슴에도 땅, 땅, 땅, 망치질을 해주었다.

그즈음 친구 영옥이가, 오늘 모임은 자기 집에서 하니 꼭 왔으면 좋겠다고 했다. 고등학교 때부터 워낙 허물없던 친구라, 버스요금이 없어서 못 갈 것 같다고 내 치부를 드러내 보였다. 그때만 해도 채권자들이 똥 마려운 강아지처럼 우리 집을 들락거리는 통에, 아이들 보호 차원에서 직장까지 그만둔 상태였다. 영옥은 어떻게 집에 오면 돌아가는 차비는 마련해 주겠다고 했다. 나는 친구 말을 굳게 믿고, 가는 차비만 마련해서 모임에 나갔다. 그때 차비가 천 원도 안 되었던 것 같다.

몇 달 만에 만난 친구들이 반갑게 맞아 주었다. 우리 사이에는 변한 게 없었다. 그러나 그날만은 친구들이 어색했다. 영옥은, 나와의 약속을 잊은 눈치였다. 천 원이라는 돈의 무게가 나를 짓누르고 있었다.

친구들은, 노릇노릇 구워진 고기를 내 앞에 쌓아놓았다.

집에 돌아갈 때가 되었다며 자리에서 일어났다. 하지만 끝내 차비 좀 빌려달라는 말은 꺼내보지도 못했다. 버스정류장으로 가는 길에 별의별 생각을 했다. 그까짓 천 원짜리 한

장쯤이야 길 가던 사람에게 부탁해도 줄 수 있을 텐데…. 역시 목에 칼이 들어와도 돈 이야기는 못 꺼낼 것 같았다.

승강장에 도착해서도 한참 동안 서성거렸다. 비굴하느니 걸어가기로 마음먹었다. 하필 방향감각까지 잃어버렸다. 바로 잡으려 했지만, 머릿속은 이미 헝클어진 뒤였다. 돌아, 돌아서 가더라도 안전하다고 생각되는 방향으로 몸을 틀었다. 집에 돌아와 있을 아이들 생각에 걸음을 재촉하는데, 눈물이 자꾸 쏟아졌다. 생각해 보면 그들과 나는 얼핏 닮아 보였지만, 쥐고 있는 지폐의 색깔이 엄연히 달랐다. 그래서 쉽게 돈 이야기를 꺼내지 못했던 것 같다.

다리는 아프다 못해 흐물거렸다. 사거리 신호등 앞 인도가 끝나는 지점에서 발을 헛디뎌 고꾸라질 뻔했다.

"운동 신경은 살아있네!"

나도 모르게 중얼거리는데 피식 웃음이 나왔다. 지금이 웃을 타이밍인가 생각하다가 문득, 내게는 지폐의 가치보다 소중한 다리가 있다는 사실을 깨달았다. 그러자 생각이 확 바뀌었다.

질질 짜던 내가, 나에게 너무 죄송해서 또 울었다. 그러고는 '지금만 우는 거야. 집에 가면 절대 울지 말자.'라고 속으로 다짐했다.

하회탈 닮은 고향 후배

후배는 "실컷 뛰어놀게 그냥 놔두세요. 아이들이 안 뛰면 어른이게요" 한다.

여유로워 보이는 표정에서 아이들을 키우며 경험했을 연륜이 느껴졌다.

추석을 앞두고, 1층 엘리베이터 입구의 공용 공간에 공고 하나가 떴다.

〈층간소음에 신경 써 주실 것을 당부합니다. 아이들이 가만히 앉아 있을 수야 없겠지만, 각별히 주의를 부탁드립니다〉

이 문제는, 혼자 산속에 들어가 살지 않는 이상 아무도 해결하지 못한다. 우리는 모두 층간소음의 피해자이자 가해자라는 뜻이다.

보증 빚을 잘못 서는 바람에 아파트를 잃었을 때다. 우리 가족은, 가난한 생쥐네 가족처럼 주택의 2층 단칸방에서 이삿짐을 풀었다. 방에 들일 수 없는 짐은, 밖 처마 밑 벽에 켜켜이 쌓아놓았다.

그날 밤부터, 뒷집 아저씨는 골목에 나와 고래고래 소리 질렀다. 술에 취하지 않은 날은 잠이 오지 않는다며, 골목이 쩌렁쩌렁 울리도록 음악을 틀었다. 스피커에서 '홍도야 울지마라' 노래가 아침까지 들려올 때도 있었다. 신경과민에 걸릴 만도 한데 사람들은, 그가 과거 권투선수였는데, 너무 많이 맞아서 이상해졌다며 오히려 측은히 여겼다. 현실을 바꿀 수 없다면 적응하는 법을 배워야 한다. 나도 자장가처럼 서서히 익숙해졌다.

그렇게 몇 년이 흘러, 드디어 새 아파트로 이사하게 되었다. 이제 더 이상 술주정뱅이의 '홍도야 울지마라' 노래를 듣지 않아도 된다. 우리는 아파트에서 안정을 찾았다. 소음에서 완전히 자유라고 생각했다. 그런데 그게 아니었다.

이사하고 며칠이 지난 어느 휴일 오후였다. 위층에서 외마디소리와 함께 둔탁한 테이블 같은 것이 날아가, 벽에 부딪히는 소리가 나고 이내 잠잠해졌다. 딸은 남자아이가 죽은 것 같다며 몸을 떨었다. 경찰에 신고하자고 했지만, 구급차 소리가 들리면 알게 될 일이라며 안심시켰다. 바깥소리에 귀를 곤추세웠지만, 다행히 아무 일도 없이 지나갔다.

다시 며칠이 지나 위층에서 펑! 하고 텔레비전 브라운 터지는 소리가 났다. 거의 동시에 외마디소리가 났다. 우리 아이들은 연달아 터지는 사건 때문에 공포에 떨어야 했다.

아무리 적응하려 해도 이건 사정이 달랐다. 인터폰을 눌러 경비실 아저씨를 불렀다. 학대가 의심된다며 그 집의 방문을 독촉했지만, 경비아저씨는 주의 주겠다고만 한다.

"쿵, 퍽, 으악… "

알고 보니, 어른이 없는 집에서 남매가 벌이는 소동이었다. 조용한 날이 없었다. 위층으로 올라가 초인종을 눌러보고, 장사를 한다는 그 집 엄마에게 전화도 해보고, 경찰을 부르겠다고 했지만 소용없었다. 자려고 누우면 벌통 하나를 키우는 것처럼 귀에서 윙윙거렸다.

그러다 승강기 안에서 위층 가족과 마주쳤다. 나는 당신 아들 때문에 지금 지옥에 산다며, 어떡할 거냐고 다그쳤다. 남자아이는 고개를 숙였다. 엄마는, 내년이면 아이가 중학생이라 이사 날짜 잡혔다며 참아 달라고 했다.

가해자로는 살 것 같지 않았던 우리 집에 연년생으로 손자 손녀가 태어났다. 딸 부부는 인천에 직장이 있어, 상의 끝에 내가 키우게 되었다. 손자는 방전이 안 되는 배터리 같았다. 아이에게 "천천히, 천천히"를 입에 달고 살아야 했다.

미안해서 선물을 사서 들고 아래층으로 내려갔다. 아래층에 사는 남자가 현관문을 열고 환하게 웃었다. 그 모습이 하회탈 같다는 생각이 들었다. 어느덧 고향까지 묻는 단계로 발전하다가 그가 고향 후배라는 걸 알았다.

후배의 "실컷 뛰어놀게 그냥 놔두세요. 아이들이 안 뛰면 어른이게요." 라고 말하는 여유로움. 아이들을 키우며 경험했을 연륜이 느껴졌다.

우리는 어느덧 선물을 주고받는 사이가 되었다. 그동안 미안하다는 말을 백 번도 더 한 것 같다. 후배는 진짜 괜찮다는 말만 되풀이했다.

우연히 승강기 안에서 후배의 부인과 마주쳤다. 그녀는 손자를 보더니 "네가, 그 장군이구나." 하고 에둘러 말했다.

그 일이 있고 얼마 지나, 분양받은 새 아파트로 이사했다. 새 아파트에는 다른 느낌의 소음이 시작되었다. 위층에서 어른의 발뒤꿈치 찧는 소리가 그치지 않았다. 처음에는 무거운 이삿짐을 옮기느라 그러려니 했지만, 소리는 여전했다.

실력 없는 솜씨였지만, 금방 버무린 열무김치를 접시에 담았다. 위층으로 올라가 초인종을 눌렀더니, 중학생이라는 남자아이가 문을 열어주었다. 어렵겠지만 좀 살살 걸어주었으면 고맙겠다고 부탁했다.

며칠이 지나고 위층 아이 아빠가 수박 한 덩이를 들고 찾아왔다. 아이 아빠는, 주택에만 살다가 아파트는 처음이라 그런다기에, "아이들이 안 뛰면 어른이게요."하고 대답했는데, 절대 수박을 얻어먹어서가 아니었다.

적은 거라도 나눠 먹는 동안, 위층 아이들은 훌쩍 자랐다. 올여름에는 복숭아 좋아하는 내 취향을 어떻게 알고, 싱싱한 복숭아를 두 상자 정도 보내왔다.

얼마 전 옆 호에 사는 신혼부부가 아이를 낳았는데, 작은딸이 아기 울음소리에 귀가 윙윙댄다며 투덜댔다. "아이니까 울지, 어른이면 울겠냐?"며 딸의 침대를 다시 배치해 주었다

옛날, 옛날에

환웅이 백두산 꼭대기에 있는 신단수에서 세상을 다스리고 있을 때였다.

곰과 호랑이가 찾아와 인간이 되게 해달라고 빌었다.

환웅이 듣고, 쑥 1자루와 마늘 20쪽을 주면서 이것을 먹고

굴속에 들어가 100일 동안 빛을 보지 않으면 사람이 될 것이라고 했다.

이에 곰은 버텨냈지만, 호랑이는 밖으로 뛰쳐나갔다.

몇 년 전, 예고 없이 찾아온 병은 어머니의 몸 왼쪽을 망가뜨려 놓았다. 덕분에 어머니에게는 지팡이라는 다리 하나가 새로 생기셨다. 자식들은 농사도 이제 내려놓아야 한다고 설득했다.

하지만 이듬해 봄이 시작되자 흙에 대한 미련을 못 접은 어머니는, 사위와 같이 한다면 농사일을 놓지 않아도 될 것 같다고 하셨다. 그 말이 입 밖으로 나오기까지 얼마나 망설여지셨을까?

남편과 집으로 돌아오는 차 속에서 어떻게 운을 띄울지 고민하다 말을 꺼냈다. 그러자 남편은, 자기도 마음에 걸렸다며 걱정하지 말고, 주말 농사는 자기에게 맡기라고 했다. 나는 남편이 한없이 고마워 눈물이 났다.

그리고 4월 끝자락, 어느 주말 아침이었다. 남편과 함께 친정집으로 갔더니 어머니는, 며칠 후 비 소식이 있다며 사위에게 삽을 들려 앞장세웠다. 남편이 앞서고, 나도 어머니 뒤를 따라 졸랑졸랑, 우리가 도착한 곳은 집 앞 논이었다.

남편은 우리 모녀에게 잘 지켜보라는 듯 삽을 들어 깊게 물고랑을 내기 시작했다. 삽의 결따라 흙이 모양을 바꿔가며 깊게 파여 들어가는 모습을 나도, 어머니도 흡족하게 지켜보았다. 논일을 다 끝내고, 집 모퉁이의 밭에 고추 모종까지 심어드리자, 어머니는 "힘 좋고, 일도 잘한다"며 더욱 좋아하셨다.

그러던 남편이 일 끝마치기가 무섭게 산으로 올라갔다. 고사리가 남편을 유혹한 것이었다. 어머니 성격을 잘 알고 있었지만, 차마 남편을 말리지 못했다.

아니나 다를까, 어머니의 표정이 금세 굳어졌다. 일을 배운다고 했으면 열심히 해야지, 속없다고 구시렁거리셨다. 일 다 끝내고 간 거라고 변호하자 일 없으면 땅이라도 파야지 하셨다. 정말 어머니는, 산에서 내려온 사위에게 고추밭의 물고랑도 파라고 시키셨다.

그 일이 있고, 며칠 지나지 않아 소나기가 퍼부었다. 혼자 계신 어머니 걱정에 전화해 보았다. 다행히 전화를 받기에

한숨 돌렸더니 그것도 잠시, 조금 전 고추밭의 물고랑에 빠져 죽다가 살아 돌아오셨다고 한다.

어머니는 아직 뿌리도 덜 내린 고추가 걱정되셨던 모양이다. 그 몸으로 하필 난리통에 고추밭에 가신 것이다. 그때 소낙비가 퍼붓기 시작했다. 급히 집으로 돌아갈 생각이었지만 마음뿐, 걸음마를 새로 배우시는 어머니는 몸 따로, 마음 따로였다.

그러다 지팡이를 잘 못 짚어 그만, 사위가 파놓은 물고랑에 빠져버렸다. 몸을 뒤척이려 해도 고랑이 어찌나 깊던지 옴짝달싹할 수 없었고, 물줄기는 콸콸 고랑을 타고 몰려와 어머니를 덮쳤다. 점점 차오르는 물줄기는 눈, 코, 입까지 덮쳤다. 거기에 한기까지 겹쳐와 추워서 죽겠구나 싶었다고 한다. 길옆이라 하지만, 워낙 외진 데다가 비까지 퍼부어대니 지나는 사람이 있을 리가 만무했다.

그때 마침 산에서 내려오던 청년이 어머니를 발견했다. 고랑에서 어머니를 빼내 주었지만 그대로 주저앉아버리셨다. 청년은 어머니를 번쩍 안아 집에 모셔놓고 갔다고 한다. 이름도 모르는 그 청년이 한없이 고맙다.

남편의 열정은 얼마 가지 않아 시들해졌다. 결국은 두 손, 두 발 번쩍 들고 말았다. 말로는 아까운 시간을 버려 힘들게 해봤자, 기름값도 안 나오는 바보 같은 짓이라고 말했다. 그러면서 시골에서 일하고 기진맥진해 돌아오면, 농사일은 나보다 당신이 맞는 것 같다며 칭찬 아닌 칭찬을 해주었다.

아무것도 모르시는 어머니가 왜 혼자냐고 물으시면, 급히 출근했다는 말로 둘러대며 남편 몫까지 해내려고 용썼다. 어머니는 "우리 딸이 일머리가 좋다"고 진짜 칭찬하셨다. 하지만 그렇게 생각하지 않는다.

옛날, 옛날에 환웅이 백두산 꼭대기에 있는 신단수에서 세상을 다스리고 있을 때였다. 곰과 호랑이가 찾아와 인간이 되게 해달라고 빌었다. 환웅이 듣고, 쑥 1자루와 마늘 20쪽을 주면서 이것을 먹고, 굴속에 들어가 100일 동안 빛을 보지 않으면 사람이 될 것이라고 했다. 이에 곰은 버텨냈지만, 호랑이는 밖으로 뛰쳐나갔다. 아마도, 남편은 그때의 참을성 없는 호랑이였고, 나는 참고 인내하는 곰이 분명하기 때문이다.

불편한 몸으로 몇 년을 더 버티시던 어머니는 요양병원에 입원하셨다. 그리고 다시는 집으로 돌아오실 수 없었다. 하지만 계절이 바뀔 때마다 농사일만큼은 잊지 않고 물으셨다. 일일이 씨뿌리는 시기까지 알려 주셨다. 그런 어머니를 실망하게 하고 싶지 않아 서서히 농부가 되어갔다.

또 추석이 돌아왔다. 며칠째, 시골에 가지 못해 마음 졸이다가 추석 다음 날, 아직 어둠이 깔린 도로를 차로 달렸다.

한 시간여를 달려 시골집에 도착할 때야 동트기 시작했다. 차 시동을 끄기가 바쁘게 텃밭으로 가보았다. 곡식들이 반갑게 나를 반긴다. 이만큼 키 컸으니 어서 봐달라고 하는 것 같았다.

이제는 곡식들의 말을 들을 수 있다. 휘익 호들갑 떨다가도, 일이 있어 한두 주 못 가면 금방 고개 떨구고서 시무룩해 있다. 또 제각각 가진 성격도 다르다. 저 혼자 스스로 자라는 콩이 있고, 성격 까칠한 고추가 있는가 하면, 땅 욕심 많은 오이, 먹성 좋은 옥수수도 있다. 그래도 호박 넝쿨은 너무 한다 싶었다. 어쩔 수 없다. 과감히 응징해야 할 때도 있다.

먼발치의 어린 배춧잎은 어레미같이 구멍이 송송 뚫려 있다. 다가가 보니, 애벌레들이 똥구멍을 하늘로 치켜들고 배춧속을 파먹고 있다. 너도 어쩔 수 없다. 한 마리, 두 마리 손끝으로 잡아 응징에 들어간다.

마지막, 밭 한 바퀴 휘휘 둘러보며

"곡식들아 걱정하지 마라, 지금부터 너희들은 내가 책임진다"

라고 말하는데 마치 내가 곡식들의 어머니가 된 기분이 들었다. 우리 어머니가 걸어들어오신다면 뭐라고 하실까?

"우리 딸, 걱정 안 해도 될 만큼 농부가 다 되었네" 하실까?

어느 노인의 죽음

아버지에게는 아들 집 현관 문턱이 복도 창문 턱보다 더 높았었나 보다.

가족끼리....

며칠 전 추석날, 70대 노인이 아들 집을 찾아갔다가, 복도 창문을 열고 투신했다고 한다. 친구의 말을 대충 종합해 보면, 추석이라고 자식 집을 찾아가자, 며느리가 친정으로 몸을 피함으로써 시아버지의 방문을 저지한 것 같다. 두 사람 사이 풀지 못한 어떤 오해가 있었는지 모르겠지만, 아버지에게는 아들 집 현관 문턱이 복도 창문 턱보다 더 높았었나 보다. 가족끼리….

 남의 일 같지 않아 가슴이 먹먹하였다.

 '말 한마디에 천 냥 빚도 갚는다.'라는 속담이 있다.

 결혼을 결심했을 때 친정어머니는 결사반대하셨다. 식장에 오셔서는, 결혼 물리고 싶다며 눈물까지 훔치셨다. 원치 않은 결혼 생활은 결코 행복할 수 없었다. 어머니는, 손이 상한다며 세탁기를 사주셨지만, 시어머니는 세탁기 빨래는 손빨래만큼 때가 잘 지지 않고, 고무장갑을 끼면 일이 더디다며 맨손 빨래를 시켰다. 날마다, 날마다 주무르고, 삶고, 방망이질까지 해야 빨래가 끝이 났다. 시아버지의 속옷을 맨손으로 주무를 때가 제일 괴로웠다. 새벽밥하고, 넷이나 되는 시동생 도시락을 싸고, 안방에 들어가 시부모님 문안 인사를 하고, 이불을 갠 다음 밥상을 들이는 일이 끝없이 반복되었다. 가스를 배달시킨 날을 일일이 달력에 표시해 두었다가 "도대체 가스를 마셔버렸냐, 어따 팔아먹었냐?"하고 지청구하셔도 참아내야 했다.

한 번은 점심 밥상을 차려놓을 때까지 논에 가신 시아버지가 돌아오지 않았다. 마침, 보채는 큰딸을 둘러업고, 골목에 나가 시아버지를 기다렸다. 같은 골목에 사는 사촌 형님이 "가만있어 보자. 우리 집에 과자가 있지." 했다. 나는 형님 집으로 따라 집 안으로 들어갔다. 형님은 과자 봉지를 딸 양손에 쥐여 주었는데, 이때 시아버지와 길이 엇갈린 모양이다. 시아버지를 못 만나고 집에 돌아왔더니 시어머니가 마당에서 기다리고 있었다. 그러고는 내게 화풀이하듯, 딸의 양손에서 과자를 빼앗아 바닥에 내동댕이쳤다.

"네 딸 과자가 중하냐, 시아버지 밥이 중하냐?"

"으앙!"

등 뒤에서 딸이 목을 젖히며 울었지만 멍하니 서 있었다. 우리 집에 세 들어 살던 옆방 아주머니가 과자를 주워 딸의 손에 쥐여 주었다. 지금도 기억난다. 조그만 술안주용 소라 과자였다.

모두 잊어도 절대 잊을 수 없는 일이 하나 있다. 그날은 가을비가 부슬부슬 내리고 있었다. 시어머니는 임신 8개월째인 내 앞에 무 두 단과 폭 배추 두 단을 갖다 놓으시며, 깍두기와 배추김치를 담으라 하시고는 벼 매상 가는 시아버지를 따라가 버리셨다. 그날따라 딸까지 업어달라고 징징거렸다.

그날 밤 끙끙 앓다가 다음 날 새벽 양수가 터져 결국, 미숙아를 낳았다.

그렇게 낳은 둘째 딸을 인큐베이터에 넣고 혼자 집으로 돌아왔다. 배를 비트는 듯한 산후통을 앓을 때, 나처럼 못난 엄마는 더 아파야 한다고 자학했다. 그사이 시어머니는 병원에 찾아가, 핏덩이 아이를 퇴원시켜달라며 의사와 실랑이를 벌이다 왔다. 시어머니는 기어이 나를 앞세워 병원으로 갔다. 내게 각서를 쓰게 하고, 아이를 집으로 데려왔다.

아이를 낳고 열흘쯤 지났을 때다. 저녁을 하고 있는데, 그래도 아이를 낳았다고 친정어머니와 친구가 집에 찾아왔다. 가스불 위의 찌개를 시어머니에게 부탁하고, 방으로 들어가 친정어머니와 친구를 대했다. 시간이 어느 정도 흘렀을까? 귀를 찢는 비명이 들렸다. 벌떡 일어나 방문을 열었다. 시어머니는, 어머니와 친구가 지켜보고 있는데 내게 까맣게 타버린 냄비를 던졌다. 어쩌면 친정어머니를 향한 복수였을지 모른다. "당신 딸 나한테 이러고 산다."라고 보여주는 것 같았다.

나는 분가 아니면 이혼하겠다고 선언했다. 분가하던 날 친정어머니가 제일 좋아하셨다. 그것도 잠시, 남편이 빚보증을 잘 못 서 집이 경매로 넘어가면서 우리는 다시 합가하였다.

그러면서 시어머니의 태도가 많이 변하셨다. 미안한 마음이 있어 그러는 줄 알았다. 그래서 과거는 가슴에 묻어버리기로 했다. 시어머니도 나처럼 오래도록 행복한 줄만 알았다. 그런데 그게 아니었나 보다.

어느 날, 시어머니를 모시고 병원에 가는 길에 반찬 투정을 하셨다. 끝났겠지 싶었는데 오는 길에 다시 그 얘기를 꺼내셨다. 묵은 감정이 배꼽 아래에서부터 밀고 올라왔다. 과거에는 어땠고, 지금은 어떠한지, 내 감정을 알렸다. 시어머니는 "네 생각이 그렇다면 계속 그렇게 생각해라."라고 대답하셨다. 순간 몇십 년 공들여 쌓은 탑이 무너지는 것 같았다.

끝내 시어머니는 사과 대신 분가를 선택하셨다. 시아버지 제삿날도 시어머니는 찾아오지 않으셨다. 시어머니 생신날이었다. 화목을 위해 가족 모임에 참석했다.

시어머니가 내 손을 덥석 잡으며 환하게 웃으셨다. 제일 좋아하는 사람은 남편이었다. 식사 내내 이 사람, 저 사람 술을 권하며 환하게 웃는 걸 보고, 참 잘했다는 생각이 들었다. 그해부터 시어머니도, 시아버지 제삿날이 돌아오면 우리 집에 오셨다.

시어머니는 끝내 사과하지 않으셨다. 하기야, 사과를 안 하면 어때. 좀 서운해도 우린 가족인데. 그렇게 생각하면 이해 못 할 일이 별로 없는 것 같다. 물론 아닐 때도 있지만 말이다. 그러고 보면 인간관계라는 것이 말처럼 쉽지가 않다.

진정한 용기

성공한 사람은 성공할 수밖에 없는 요건을 갖추고 있다.

문어발처럼 뻗어나갈 수 있는 인적 재산이라든가, 노력형이라든가

특정 사업이 그에게 잘 맞다든가

그렇지 않고서야 감히, 비좁은 보도블록 틈 사이에서

슈퍼 꽃이 피기를 기대할 수 있겠는가.

식당 앞 인도에 쭈그려 앉아 신발을 신고 있었다. 그때 좁은 보도블록 틈 사이의 하얀 별꽃 한 송이가 눈에 띄었다. 원래 별꽃은 별처럼 많은 꽃이 무더기로 피는 꽃이다. 그런데 딱 한 송이만 피었다. 열악한 환경에서 살아 남기 위한 선택이었을 것이다.

너무 작아 처음에는 쌀 튀밥 가루가 날아와 앉은 줄 알았다. 줄기는 실처럼 가느다랗다. 이파리를 다 모아본들 웬만한 잎 한 장 크기만도 못하다.

별꽃풀은, 보도블록 높이보다 종이 한 장 차이만큼 아슬아슬하게 키 높이를 맞추었다. 여기에 조금만 더 욕심을 부렸다면 어떻게 되었을까. 사람들의 발길에 밟혔을 것이다. 자전거 바퀴에 짓이겨지고, 인정사정없는 빗자루가 할퀴고 지나갔을 것이다.

넓고 기름진 땅을 두고, 왜 하필 여기에 뿌리를 내렸니? 그래 누군들 이런 곳에 터를 잡고 싶었을까. 키도 한껏 키우고, 객기도 부리고 싶었을 것이다. 하지만 자신의 위치를 누구보다 잘 이해하고 있었다.

가끔 제 분수를 모르는 사람을 종종 보곤 한다. 언젠가 가까운 사람이 사업에 뛰어들었다. 그는 주위의 도움만 조금 받으면 성공할 거라고 장담하였다. 까딱 잘못하다가는 함께 수렁에 빠질 것 같았다. 서운해할 줄 알면서도 모르는 척했다.

세월이 흐른 뒤, 소식이 궁금해 물었다. 지인은

"주위에서 도와주지 않는데 어떻게 성공했겠어."

원망 섞인 듯 대꾸했다. 그나마 도움받지 않았기 때문에 잃은 게 적었다는 사실을 모르고 있는 것 같았다.

물론 성공한 사람도 있긴 하다. 하지만, 성공한 사람은 성공할 수밖에 없는 요건을 갖추고 있다. 문어발처럼 뻗어나갈 수 있는 인적 재산이라든가, 노력형이라든가, 특정 사업이 그에게 맞다든가. 그렇지 않고서야 감히, 비좁은 보도블록 틈 사이에서 슈퍼 꽃이 피기를 기대할 수 있겠는가.

'너 자신을 알라.'라고 말한 소크라테스의 명언을 듣지 않았어도 별꽃은 알고 있었다. 이렇게 말하는 내 그릇의 크기는 어느 정도일까? 몇 발짝 뒤로 떨어져 나를 가늠해 본다.

하나라도 제대로

우리 아버지는, 살면서 이야기 세 말과 확실한 기술 하나만 갖추고 살아도
평생 굶어 죽을 일 없다고 하셨다.

우리 아버지는, 살면서 이야기 세 말과 확실한 기술 하나만 갖추고 살아도 평생 굶어 죽을 일 없다고 하셨다. 아버지는 살아생전 두 가지를 모두 실천하신 분이시다. 아무리 못 쓰게 되는 물건이라도 아버지 손끝만 거치면 쓸 수 있는 물건이 되었다. 어머니보다 뜨개질 솜씨도 뛰어나셨다. 바느질 솜씨 또한 이 방면의 전문가 이상이었는데 바느질 땀이 항상 일정하였다. 나중에는 땜질 기술을 배우셔서 한때 땜질 직업을 가지신 적도 있다.

또 시골 사람답지 않게 고사성어라든가 야사를 거의 알고 계셨다. 술은 입에 대지 않으셨지만, 누구와도 대화에 밀리지 않으셨다. 특히 여자들이 아버지 주위에 파리 꼬이듯 꼬였다. 동네 과부는 모두 우리 아버지를 거쳐 간다는 소문이 날 정도였다. 그게 항상 부부싸움의 원인이 되었다. 아버지의 현명함을 늘 존경했지만, 이야기 세 말 때문에 가정이 파탄 나는 꼴은 보고 싶지 않았다. 따라서 이야기 세 말의 효과는 잘 모르겠는데, 살면서 기술 하나쯤은 가지고 있어야 한다는 말씀은 확실히 일리 있는 것 같다.

전문직이라면 작가, 가수, 무용가, 패션 디자이너, 요리사, 과학자, 간호사, 의사, 광부 등 이루 셀 수 없을 만큼 많다. 우리 아버지 같은 농부도 많은 직업 중의 하나이다. 좋아서 그 길을 걷는 사람도 있지만, 싫어도 목구멍이 포도청이라고 어쩔 수 없이 그 길을 택하는 사람도 있다.

남편은 대기업에 다녔지만, 성격에 맞지 않는다며 갑자기 그만두었다. 그때부터 모든 것이 꼬이기 시작했다. 퇴직금으로 사업을 시작했는데 처음에는 잘되는 것 같았다. 그러나 빚보증을 잘못 서는 바람에 집까지 모두 날렸다. 그 후 남편이 사업의 '사'자만 꺼내도 겁이 났다.

결국, 사업을 접은 남편은 첫 직장보다 더 성격에 맞지 않는다는 직업을 택해야만 했다. 특히 상사와 마찰이 심했다. 항상 상사의 눈엣가시였다. 남편은 괴로워하며 내 앞에서 눈물까지 흘렸다.

"당신이 상사한테 맞추어야지, 상사가 당신에게 맞출 수는 없는데 어쩌겠어. 회장이 그만두라고 할 때까지는 버티는 수밖에 없어."

내가 해줄 수 있는 말은 그것밖에 없었다. 왜냐하면 처자식이 굶어 죽느냐, 사느냐, 하는 문제였다.

그런데 이상한 일이 벌어졌다. 서로 앙숙이던 두 사람은 죽고 못 사는 사이가 되었다. 현재 상사는 정년퇴직했지만, 여전히 친하게 지낸다. 남편은 퇴사 후에 계약직으로 남게 되었다.

며칠 전, 퇴근해 온 남편이

"이리 와서 앉아봐. 오늘 회사에서 일이 좀 있었네. 사장님이 오늘 점심을 같이 먹자 하더라고." 했다. 순간 심장이 철렁 내려앉았다. 사장님과 단둘이 밖에서 만났다는 이야기는 아직 들어본 적이 없었기 때문이다. 우리는 경제적으로 풍족한 편이 아니다. 따라서 회사를 그만두면 곤란한 일이 생길 수 있었다.

"일이 손에 안 잡히더라고. 요즘 인원을 감축할 거라는 소문이 돌았거든. 소문은 사실이었는데 나는 제외래. 바쁠 때 다른 부서에도 손 좀 보태 달라더라고. 당연히 그러마고 했어. 회사 사정도 어렵거든."

"잘되었네. 기술 하나가 당신을 살렸어!"

사실 남편은 중대한 실수를 하거나, 본인이 그만두기 전에는 회사에서 잘릴 걱정 없는 사람이다. 회사에서 혼자만의 특별한 기술을 가지고 있기 때문이다.

　"기술 하나쯤은 지니고 있어야 한다."라던 아버지의 말씀이 새삼스럽게 떠오른다.

세상에서 제일 깨끗한 것

부인은 마음 한구석에 걸리는 게 있었다.

"세상에서 제일 깨끗한 것이 무엇일까요?"

부인이 다시 물었다.

"눈으로 보지 않는 것이겠지요."

선비가 대답했다.

옛날, 한 선비가 친척에게 볼 일이 생겼다. 선비는 산길을 밤새 터덜터덜 걸어서 다음 날 점심때에야 친척 집에 도착할 수 있었다. 친척은 곧 쓰러져가는, 폐가와 별반 다르지 않은 집에서 살고 있었다.

마침, 그 집 남자는 출타 중이었다. 대신 부인이 선비를 반갑게 맞아 주었다.

"진지는 드셨어요?"

부인이 물었다. 그러고 보니, 몇 끼를 굶은 데다가 온종일 걸어온 탓에 배는 등가죽에 붙어 있었다. 하지만 체면을 지키느라 그렇게 말할 수 없었다.

"먹다 남긴 찬밥 덩어리라도 있으면…."

선비가 수줍어하며 대답했다. 부인은 선비를 안방에 모셔 놓고, 부엌으로 들어갔다. 하지만 부엌에는 찬밥은커녕 쌀 한 톨 남지 않았다. 아침에 먹다 남은 푸르죽죽한 보리죽과 약간의 밀가루뿐이었다. 부인은, 모처럼 찾아온 친척에게 보리죽을 대접하면 예의가 아니라고 생각했다. 차라리 수제 비 죽이 나을 것 같았다. 마침, 가을이라 감자도 있었다.

부인은 솥에 물부터 붓고, 아궁이에 불을 지폈다. 물이 데 워지는 동안 감자를 손질해 솥에 넣고, 소금을 뿌렸다. 그러 고는 밀가루를 볼에 담아 물을 부어가며 반죽이 부드럽고 축축해질 때까지 치댔다.

어느새 솥 안에서는 감자가 익어가고 있었다. 부인은 반죽 을 조금씩 떼어내 솥 안에 넣고는 마지막에 국자로 휘휘 저 어주었다. 솥 안에서 수제비가 보글보글 끓었다. 구수한 수 제비 냄새가 방 안에까지 풍겼다.

배고픈 선비는 창호지가 너덜너덜해진 방문을 통해 부엌 을 내다보며 침을 꼴깍하고 삼켰다.

부인이 수제비를 국자로 퍼서 막 대접에 담으려는 참이었 다. 그런데 너무 서두른 탓이었을까? 자신이 소금을 넣었는 지 기억나지 않았다. 그래서 간을 보기 위해 수제비 한 덩어 리를 입속에 넣었다.

그 순간이었다.

"앗, 뜨거워!"

"퐁당!"

부인은 입속 수제비를 솥에 빠뜨리고 말았다. 그는 잠시 고민하다가, 수제비를 국자로 휘휘 저어 대접에 퍼담았다.

잠시 후 부인은 수제비 죽을 친척에게 대접했다. 찬물을 상에 올려놓는 일도 잊지 않았다.

"입천장 델 수도 있으니 찬물 마시면서 드세요."

부인이 말했다.

선비는 수저를 들었다가 놓기를 반복하더니, 끝내 수저를 내려놓고 말았다. 냉수만 벌컥벌컥 들이켰다.

"제가 만든 죽에 무슨 문제라도 있으시면…"

부인이 조심스럽게 말했다.

"너무 굶었더니 배탈이 났나 봐요."

친척은 궁색한 변명을 하였다.

부인은 마음 한구석에 걸리는 게 있었다. 그래서 의중을 떠보기로 했다.

"세상에서 제일 깨끗한 것이 무엇일까요?"

"눈으로 보지 않는 것이겠지요."

선비가 대답했다. 부인은 더는 선비에게 권하지 않았다. 대신 그 수제비를 혼자 먹었다.

이상은 어렸을 때 아버지가 들려주신 이야기이다. 이 이야기를 들으며 많은 생각을 하게 되었다. 그럴 만한 이유가 있었기 때문이다.

이웃 마을에 사는 아버지 친구분이 있었는데, 우리 집과 허물없이 지내던 사이로 발전했다. 사는 집까지도 같이 공유할 정도였다. 그 집에서 놀다가 집에 돌아오기 귀찮으면 그곳에 눌러 자기도 했다. 물론 상대편 가족도 마찬가지였다. 그 집에는 또래 친구가 있었는데 나하고 친한 관계는 아니었던 것 같다.

어느 날이다. 학교에서 수업을 마치고 집에 돌아왔는데 집 안이 조용했다. 방에 들어가려는데 창고 쪽에서 무슨 소리가 났다. 가족 중의 한 명이겠거니 생각하며, 창고 쪽으로 발길을 돌렸다.

그러고는 창고 문을 벌컥 열어젖혔다. 그 순간 눈과 눈이 마주쳤다. 그리고 보지 말아야 할 장면을 보고야 말았다. 그 집 친구가 몰래 쌀을 자루에 퍼담는 중이었다.

그때는 먹고 싶은 것이 왜 그렇게 많았는지 모른다. 입에 풀칠하기도 어려운 집이 수두룩했다. 따라서 부모님이 사줄 형편도 못 되었다. 그래도 집에 훔칠 곡식은 있었던 모양이다. 부모님 몰래 훔쳐 온 곡식을 문방구에 맡겨두고, 군것질거리와 바꾸어 먹었으니 말이다. 아마 그 친구도 그랬던 것 같다. 단지 어려서 내 것, 네 것을 구별하지 못했을 뿐이었다.

그날 밤 어머니께 사실을 알렸다. 결과는 뻔했다. 그 집과는 결별했다.

그날 내 눈에 띄지만 않았어도 아무 일 없이 지나갔을 것이다. 아버지가 어떤 의중으로 말씀하셨는지 잘 알진 못하지만, 마음이 무거웠다. 내가 조금만 더 남을 배려했더라면 하는 아쉬움이 남았다. 그 친구에게 미안했다.

얼마 전, 그 친구가 잘살고 있다는 소식이 들려왔다. 조금이나마 마음의 짐을 벗을 수 있었다.

말의 품격

그동안 수없이 이 골목을 누비고 다녔다.

주차 공간이 부족해 골목을 몇 바퀴 돈 적도 있었다.

시간에 쫓겨 주정차 금지 구역에 잘못 세웠다가 벌금 딱지가 날아오기도 했고,

CCTV 사각지대에 주차했다가 누군가 내 차를 긁고 간 적도 있었다.

하루는 골목 담 옆에 차를 세우려는데 집주인이 보고

"거기에 차 세우지 마세요" 하였다.

"시간이 늦어서 그러는데 안 되겠어요?" 했더니

"안 돼요" 하며 더는 말 섞기 싫다는 듯 입을 꾹 다물어버렸다.

재개발 공사가 시작되면서, 사람들이 정들었던 집을 남겨 두고 그곳을 떠났다. 우리 창작 교실도 시간 여유가 있는 몇몇 사람들이 모여 짐을 조금씩 싸기로 했다.

만나기로 약속한 날은 비가 내리고 있었다. 목적지에 도착했을 때 골목은 텅 비어 있었다. 그 많던 차들은 다 어디로 갔을까? 추적추적 비까지 내리니까 을씨년스럽기까지 했다. 많은 사건이 주마등처럼 스쳐 지나갔다.

그동안 수없이 이 골목을 누비고 다녔다. 주차 공간이 부족해 골목을 몇 바퀴 돈 적도 있었다. 시간에 쫓겨 주정차 금지 구역에 잘못 세웠다가 벌금 딱지가 날아오기도 했고, CCTV 사각지대에 주차했다가 누군가 내 차를 긁고 간 적도 있었다. 하루는 골목 담 옆에 차를 세우려는데 집주인이 보고 "거기에 차 세우지 마세요." 하였다. "시간이 늦어서 그러는데 안 되겠어요?" 했더니 "안 돼요." 하며 더는 말 섞기 싫다는 듯 입을 꾹 다물어버렸다.

그랬던 곳인데 많이 달라진 풍경이다. 남의 집 담장 옆이건 대문 앞이건 내가 차를 세운 곳이 개인 주차장이 되는 순간이었다. 나는 사무실 가까이에 차를 주차했다.

우산을 꺼내려다가 그만두었다. 아끼는 우산을 비 맞히기 싫었기 때문이다. 냅다 달렸다.

오전만 짐 정리하고 헤어지기로 했지만, 어쩐지 서운해서 점심을 먹기로 했다. 밖에는 아직 비가 오고 있었다. 식당까지는 좀 거리가 있었다. 내 차로 가서 우산을 꺼냈다. 막 돌아서려는데 목소리가 들렸다. 돌아보았더니 내 나이 또래의 신사분이 웃고 있다. 잘못 들은 것 같아 "네?"하고 물었다.

"여기가 우리 집 대문인데요. 물건을 실어야 하는데 차가 막고 있네요. 차 문 여신 김에 좀 빼 주셨으면 해요."

그러고 보니 내 차가 남의 집 대문을 막고 있었다. 그 집 마당에는 꺼내놓은 물건들이 쌓여있었다. 불편했을 텐데도 공손하게 부탁하는 아저씨가 무척 고마웠다.

"죄송합니다. 당연히 빼 드려야지요." 대답하고 급히 운전석 문을 열었다.

"원래는 말 안 하려고 했는데, 오셨으니까 부탁하네요. 차 빼주셔서 고맙습니다." 했다.

"별말씀을요. 오히려 제가 죄송하고 고맙습니다." 나는 손 사래 쳤다.

당연한 권리를 권리처럼 요구하지 않고, 예쁘게 말씀해 주 시는 신사분은 어떤 분일까? 궁금했다. 좀 떨어진 곳에 주차 하고 돌아오면서 남자분을 다시 쳐다보았다. 참 곱게도 늙 으셨다. 어쩐지 닮고 싶은 얼굴이다.

밥은 묵었냐?

그때였다.

젓가락 한 쌍이 날아와 내 굴비에 꽂혔다.

번지수를 잘못 찾아간 젓가락은 하나뿐이 아니었다.

다른 젓가락도 번지수를 잘못 찾아다녔다.

젓가락과 젓가락이 교차했다.

굴비의 살이 흩어지며 경계도 무너져버렸다.

내 젓가락도 그들의 젓가락 사이를 비집고 들어갔다.

"밥은 묵었냐?"

언제나 전화기에 대고 하시던 아버지의 첫 질문이었다.

"예, 아부지." 하고 대답하면

"그러면 되었다. 전화비 많이 나온다. 끊자." 하시다가

"아직 안 묵었어요."하면, "밥 묵어라."하고는 전화를 끊으셨다.

나는 '우리 아버지는 왜 밥에게만 관심이 있으시지? 밥 말고 다른 것에는 관심이 없으신 건가?' 하고 서운해했다.

그래서인지 나는 내 아버지의 아버지, 그 아버지, 또 그 아버지가 밥을 지켜왔듯이, 지금도 밥을 악착같이 고집하고 있다.

남편이 오랜만에 선후배 모임에 나를 초대했다. 연말 분위

기도 낼 겸 남편을 따라나섰다. 식당에는 먼저 와 기다리는 부부들도 있었다. 오랜만에 만났더니 사람들이 낯설었다. 부인의 남편들은 알겠는데 부인들이 잘 구별되지 않았다. 만나는 사람마다 "잘 계셨어요?"라고만 했다. 잘못 알은 채 했다가 실수할까 봐 긴장되었기 때문이다.

모두 참석했다는 것이 확인되자 음식이 들어오기 시작했다. 처음에 회가 들어오고, 곧이어 보리굴비가 들어왔다.

"제수씨, 회 안 좋아하시니까 보리굴비 정식도 시켰어요. 많이 드세요."

누군가 내게 말했다. 회를 별로 안 좋아한다는 소문이 여기까지 난 것 같았다. 고맙다고 인사했다.

가만히 보니, 접시 하나에 네 명분의 커다란 굴비가 나란히 담겨있다. 개개인별로 나온 것이 아니었다. 나름 먹기 좋게 조각을 내놨는데 굴비와 굴비 사이의 경계가 약간 불안정했다.

조금 더 기다려보았다. 끝내 빈 접시는 나오지 않았다. 주위를 둘러보아도 빈 접시는 보이지 않았다. 그렇다고 직원에게 "내 몫의 굴비를 챙길 테니 접시를 달라."는 용기까지는 나지 않았다.

불안해지기 시작했다. 물론, 같이 쩝쩝거리며 먹는다면야 모르겠지만, 엄숙한 자리에서 잘못 젓가락을 댔다가는 누군가, 위생 문제를 들고나올지도 모르는 일이었다.

눈치만 보고 있는데, 한 부인이 왼쪽 끝에 자리한 굴비 한 조각을 먼저 집어 먹었다. 다른 부인들도 자기 앞에 있는 굴비에 젓가락을 갖다 댔다. 암묵적으로 자기 몫의 굴비를 계산하고 있는 것 같았다.

이제 온전한 굴비는 내 앞에 있는 것 하나만 남았다. 암묵적 내 몫의 굴비라는 뜻이다. 나는 그 굴비에 젓가락을 가져다 댔다. 빈 접시를 달라고 하지 않기를 잘했다. 치사해질 뻔했던 내가 우스웠다.

나는 젓가락과 나머지 손가락을 이용해 굴비를 뜯었다. 그때였다. 젓가락 한 쌍이 날아와 내 굴비에 꽂혔다.

번지수를 잘못 찾아간 젓가락은 하나뿐이 아니었다. 다른 젓가락도 번지수를 잘못 찾아다녔다. 젓가락과 젓가락이 교차했다. 굴비의 살이 뜯겨나가며 경계가 무너져버렸다. 내 젓가락도 그들의 젓가락 사이를 비집고 들어갔다.

그러는 사이 마음속의 긴장이 완화되었다. 그리고 평화가 찾아왔다. 다른 사람들도 처지는 다르지 않았나 보다. 갑자기 말수가 많아졌다. 나도 자연스럽게 대화에 끼어들었다.

"왜 굴비를 조금밖에 안 드세요?"

"저는 회를 많이 먹었어요. 오히려 저보다 더 많이 드셔야 할 것 같은데요."

서로 배려하는 말들도 오갔다. 남편들이 어느새 들고, 굴비를 더 가져왔다.

"싸우지 말고 사이좋게 나눠 드세요."

그렇다. 밥은 단순히 배를 채우기 위한 수단이 아니었다. 경계를 허물고, 유대관계를 맺게 해주었다.

식사가 끝나자, 서로 인사를 잊지 않았다.

"밥 맛있게 드셨어요?"

"네, 맛있게 먹었어요. 맛있게 잘 드셨죠?"

"밥은 묵었냐?" 하시던 아버지들이 여기에 와 계셨다.

아주 특별한 위로

허물어진 곳의 황토가 아물지 않은 상처처럼 붉다.

옆구리가 얼마나 시리고, 아팠으면 그쪽으로는 풀조차 자라지 않았을까.

무덤 옆에 휘어진 소나무 하나가 쓸쓸히 무덤을 지키고 서 있었다.

고향에서 친구를 만났다. 만난 김에 답답한 찻집보다 조용하고, 경치 좋은 산길을 걷기로 했다. 어렸을 때 많이 걸어보았던 숲이 어떻게 변했는지 궁금하기도 했고, 내 흔적을 자랑도 하고 싶었다.

산이 좀 가파른 편인데 이름도 '된산'이다. 6.25 전쟁 때, 젊은 목숨이 꽃잎처럼 사그라진 곳이다. 옛날에는 군복이나 군화, 방탄모자, 허리띠가 아무렇게나 나뒹굴었다. 마을의 한 할머니는 폐병에 걸린 아들의 약으로 쓴다며, 구멍이 송송 뚫린 뼈를 줍기도 했다. 철이 없어 아무것도 몰랐을 때는 여기에서 많이 놀았다.

우리는 저수지를 경유하는 산책로로 향했다. 그곳이 좀 꺼

려지기도 했고, 골짜기에서 출발하면 다소 가파른 감이 있었기 때문이다.

우리는 보폭을 맞추며 우선 저수지부터 한 바퀴 돌았다. 빨리 걸어야 할 이유도 없었다.

숲으로 들어가는 입구에서부터 덩굴 식물이 서로 얽혀 있었다. 사람의 발길이 오랫동안 닿지 않았음을 짐작할 수 있었다. 나는 기억을 더듬으며 산속으로 들어갔다.

더 안으로 들어가자, 어렸을 때 걸었던 오솔길이 눈앞에 나타났다. 마을 사람들이 산책로 삼아 지금도 이용하는 모양이다.

산꼭대기로 이어진 그 길은 옛길 그대로인데 식생의 분포 형태가 많이 바뀌었다. 상수리나무와 편백이 주류를 이루었다. 안으로 들어갈수록 숲이 우거져 있다. 나무들이 하늘을 가려 숨쉬기가 좀 답답했다. 친구에게 양해를 구한 다음 발길을 돌려, 숲에서 빠져나왔다. 키 작은 나무들과 하늘이 정겹게 느껴졌다. 그제야 마음이 편안해졌다.

올라갈 때는 못 보았던 무덤도 하나 보았다. 무덤은 길에서 아슬아슬하게 피해 있다.

옛날에는 외롭게 떠돌다가 객사한 사람을 길가에 묻어주는 풍습이 있었다. 그곳을 지나는 많은 사람이 고인을 안타깝게 여기고, 산 사람의 기억 속에서 잊히지 않기를 바라는 마음에서라고 한다.

그러나 오랫동안 잊혔던지 봉분은 주저앉아 있었다. 허물어진 곳의 황토가 아물지 않은 상처처럼 붉다. 옆구리가 얼마나 시리고, 아팠으면 그쪽으로는 풀조차 자라지 않았을까. 무덤 옆에 휘어진 소나무 하나가 쓸쓸히 무덤을 지키고 서 있었다.

한때 무덤의 주인도 누구의 소중한 아이였었을까? 그리고 존경받는 누구의 부모였었을까?

무덤의 주인은 누구일까? 먼 과거의 나였을까? 아니면 내가 사랑했던 사람이었을까? 아직 누군가를 기다리고 있는 것은 아닐까?

문득, 그의 혼을 위로하고 싶어졌다. 숲으로 들어가 노랑원추리꽃 한 송이를 꺾어와 무덤 앞에 놓았다. 그러고는 "아직 원한이 있어 구천을 떠도는 영혼이라면, 모든 걸 벗고 좋은 곳으로 가라."고 위로했다.

새삼, 아등바등 살아온 지난날들이 떠올랐다.

삶이 허상 같다는 생각이 들었다.

저 너머에 뭐가 있을까

장유심 지음

1판 1쇄 인쇄 2025년 11월 20일
1판 1쇄 발행 2025년 11월 30일

펴낸이 반승수
펴낸곳 모해출판사
등 록 제362-2019-000032호
주 소 광주광역시 북구 첨단연신로88, 616호(허드슨1041지식산업센터)
이메일 asjto6@naver.com **전화** 062-573-6523

ISBN 979-11-6830-176-4 (03810)
ⓒ 장유심 2025